BERTINA HENRICHS

Das Glück der blauen Stunde

Roman

Aus dem Französischen von
Claudia Steinitz

| Hoffmann und Campe |

1. Auflage 2013

www.hoca.de
Satz: Dörlemann Satz, Lemförde
Gesetzt aus der Bembo
Druck und Bindung: Friedrich Pustet, Regensburg
Printed in Germany
ISBN 978-3-455-40376-3

HOFFMANN
UND CAMPE

Ein Unternehmen der
GANSKE VERLAGSGRUPPE

Das Glück der blauen Stunde

1

Es ist nur ein kleiner Schritt, beschwichtigte sich Delphine, während sie auf eine pistaziengrüne Torte zeigte, die mit glacierten Veilchenblüten verziert war. Eine sinnliche Sahnetorte, wie man sie sonst nur auf Hochzeiten und Beerdigungen zu kosten bekommt. Der Chefkonditor übte sich in Bescheidenheit und bediente seine Kunden ausnahmsweise selbst. Während seine Angestellten die cremigen Kreationen nur mit den Fingerspitzen berührten, wobei sie sich kaum zu atmen trauten, behandelte er sie mit nachdrücklicher Vertraulichkeit und zeigte damit, dass er der geniale Schöpfer all dieser kleinen Meisterwerke war und damit machen konnte, was er wollte, ja sie sogar seinem Nächsten ins Gesicht schleudern, wenn ihm danach zumute war.

Während ihre Augen den präzisen Handgriffen des Konditors folgten, der seine Torte in eine kleine Pappschachtel hob, die er dann mit einem roten Bändchen verschloss, kämpfte Delphine gegen die Stimme in ihrem Kopf, die ständig wiederholte, dass sie diesen Geburtstag nicht wollte. Nicht aus Eitelkeit oder wegen der dumpfen Angst, die sie manchmal bei symbolischen Anlässen befiel, nein, ihr war einfach nicht nach Feiern zumute. Der Winter mit seinem verwaschenen Himmel wollte kein Ende nehmen, sie fühlte sich lustlos, hatte das Gefühl, auf der Stelle zu treten. Wenn Cyril nicht gewesen wäre, hätte sie diesen Tag einfach vorübergehen lassen. Aber für ihn war es undenkbar, eine so schöne Gelegenheit zu versäumen, mit Freunden zu feiern. Er beklagte sich so oft über den allgemeinen Missmut und die Unfähigkeit seiner Zeitgenossen, sich ihres Lebens zu freuen.

Als Delphine endlich mit der Torte nach Hause kam, war Cyril gerade mit seinen Vorbereitungen fertig geworden. Den ganzen Nachmittag lang hatte er sich in der Küche eingeschlossen, um dort seine berühmten kleinen Gerichte zuzubereiten. Delphine hatte gerade noch Zeit, den Käse auf eine Platte zu legen, als die Türklingel schon die ersten Gäste ankündigte.

Martin und Angélique streckten ihr eine eisgekühlte Flasche Champagner entgegen. Laureen umarmte sie und hielt ihr dann mit geheimnisvoller Miene ein verschlossenes Weidenkörbchen unter die Nase. Als Delphine es öffnete, sprang ihr ein winziges Fellknäuel mit ausgestreckten Krallen entgegen und verkroch sich im erstbesten Versteck.

Delphine stieß einen Schreckensschrei aus, der ein Lachkonzert auslöste. Bald knieten sämtliche Gäste vor der Couch und versuchten, das Kätzchen hervorzulocken, aber die zwölf zur Seite geneigten Menschengesichter, die merkwürdige Laute ausstießen, machten dessen Entsetzen komplett. Beim Anblick der in die Luft gestreckten Hinterteile ihrer Freunde brach Delphine ihrerseits in Gelächter aus.

Nach einer Weile waren sie es leid. Nacheinander tauchten die strubbeligen Köpfe wieder auf und wandten sich den Getränken zu.

Während Cyril den Champagner in Kristallflöten goss, erzählte er eine Geschichte, die sich am Vortag mit einem seiner Studenten zugetragen hatte.

Delphine, die nicht weit vom Kamin saß, musste sich etwas vorbeugen, um ihn zu sehen, sonst hätte der üppige Rosenstrauß, den er ihr geschenkt hatte, seine blauen Augen, die zu einem Lächeln verzogen waren, verdeckt. Eine Lachsalve ertönte. Cyril enttäuschte seine Zuhörer nie. Der Ruf seines Humor und seiner geistreichen Bemerkungen ging ihm voraus, sodass Leute, denen er zum ersten Mal begegnete, oft ausriefen: »Ach, Sie sind das. Ich habe schon viel von Ihnen gehört.« Mit der Zeit hatte Delphine sich so an diese Reaktion gewöhnt, dass sie fast erstaunt war, wenn sie einmal ausblieb. Cyril, der ein perfekter Gentleman war, stellte sie immer sofort vor: »Delphine Dupeyron, meine Lebensgefährtin, die mich schon seit einigen Jahren erträgt.« Die neuen Bekanntschaften schauten sie dann einen Moment forschend an, um zu erfahren, was für eine Frau es geschafft hatte, sich einen so außergewöhnlichen Mann zu schnappen, fanden dann aber nichts an ihr auszusetzen. Sie war tatsächlich schön, das wusste sie, auch wenn sie in einem schicken Abendkleid immer ein wenig linkisch wirkte. Mit neununddreißig Jahren fühlte sie sich immer noch nicht reif genug, eine angemessene Garderobe zu tragen, während ihre Freundinnen in aller Selbstverständlichkeit in Kostüme, Kleider und lange Röcke schlüpften. Manchmal fragte sie sich, ob sie vielleicht altern würde, ohne jemals wirklich erwachsen geworden zu sein. Ihre ehemaligen Klassenkameraden leiteten schon wichtige Unternehmen, bewegten sich ungezwungen und strahlten eine spontane Autorität aus, die man fast für angeboren halten konnte.

Delphine übte zwar den Beruf aus, den sie gewählt hatte, ohne aber jemals den Eindruck erlangt zu haben, Kapitän eines riesigen Schiffes zu sein. Manchmal dachte sie mit Schrecken und Befremden daran, dass Barack Obama nur neun Jahre älter war als sie. Das war ein kleinerer Altersunterschied als zwischen ihr und Cyril, der drei Monate zuvor einundfünfzig geworden war. Er war Professor für Literatur an der Universität Paris 7 und schien keineswegs von ähnlichen Zweifeln angekränkelt.

Schon seit geraumer Zeit befand er sich genau an der Stelle, die er hatte erreichen wollen. Er strahlte die entspannte Selbstsicherheit der Menschen aus, die intelligent genug sind, sich nicht allzu ernst zu nehmen, aber gleichzeitig das Spiel in- und auswendig kennen und beherrschen. Sein ausgeprägter Sinn für Humor schützte ihn vor Selbstgefälligkeit. Er konnte in plötzliches Gelächter ausbrechen, wie ein Kind, das man beim Stibitzen von Süßigkeiten ertappt. Das hatte Delphine mehr hingerissen als seine weltmännischen Manieren. Sie liebte diesen Mann, wie sie noch nie einen anderen geliebt hatte, und dachte immer wieder, was für ein Glück es war, ihm begegnet zu sein.

An diesem Abend hatte er sich ihr zu Ehren frisch rasiert und sein neues dunkelblaues Hemd mit dem Blumenmuster angezogen. Zwischen zwei geistreichen Kommentaren lächelte er ihr zu.

Plötzlich erinnerte sich Delphine an das arme verschreckte Kätzchen, das immer noch unter dem Sofa zitterte, und stahl sich in die Küche, um Wasser in eine Schale zu gießen und einen Fressnapf, den Laureen ebenfalls mitgebracht hatte, mit Trockenfutter zu füllen.

Als Cyril ihr nachkam, um eine neue Flasche Champagner zu holen, fragte sie ihn, ob er mit Laureen unter einer Decke gesteckt habe. Mit gespielt schuldbewusster Miene gab er die Verschwörung zu.

»Du wirst sehen, er ist ein reizender kleiner Kater. Er stammt aus dem letzten Wurf ihrer Katze Pandora.«

Delphine lächelte ihn kopfschüttelnd an.

»Dir ist hoffentlich klar, dass er sich die Krallen an den Möbeln wetzen und überall Haare verlieren wird. Wo du so an deinen Sachen hängst! Du wirst bestimmt leiden.«

»Mach dir keine Sorgen. Man muss ihn nur erziehen und öfter Staub saugen.« Er nahm sie in die Arme und küsste sie. Dann holte er ein kleines Päckchen mit Schleife aus der Hosentasche. Ungeduldig zerriss sie die Verpackung, aus der eine Silberkette zum Vorschein kam, die sie zusammen im Schaufenster eines Schmuckgeschäftes gesehen hatten.

Gerührt legte sie die Kette um und küsste ihn noch einmal, als ihr Telefon klingelte. Mit einem bedauernden Lächeln löste sie sich von Cyril, der zu den anderen ins Wohnzimmer ging.

»Herzlichen Glückwunsch!«, sagte die ruhige Stimme ihres Vaters.

»Danke! Nett, dass du daran gedacht hast.«

Ihre Freude war verflogen.

»Ist doch selbstverständlich. Alles in Ordnung?«

»Ja, und bei dir?« Die fröhlichen Stimmen der angeregt plaudernden Gäste drangen aus dem Wohnzimmer.

»Wunderbar. Du hast wohl Besuch. Ich will dich nicht länger stören. Bleib gesund.«

»Danke. Du auch.«

»Bis bald«, sagte der Vater, obwohl er wusste, dass er erst ein Jahr später am gleichen Tag wieder anrufen würde, und legte auf.

Delphine fragte sich, warum sie überhaupt abnahm, da sie den genauen Wortlaut dieser Gespräche im Voraus kannte und auch wusste, dass sie ihr die Stimmung verderben würden.

»Vergiss es, er ist ein Idiot«, sagte Cyril jedes Mal.

Leider stimmte das nicht. Gilles Dupeyron war alles andere als ein Idiot. Er war sogar ein äußerst intelligenter Mann, der seit siebenunddreißig Jahren den noblen Beruf eines Neurochirurgen in der Salpêtrière ausübte.

Delphine goss sich ein Glas Wasser ein und leerte es in einem Zug. Sie versuchte, den Gedanken an ihn zu vertreiben, aber es gelang ihr nicht. Sie hatte nur kurz mit ihrem Vater zusammengelebt; er war weggegangen, als sie drei war. Als Kind und Teenager hatte sie sich sehr nach seiner Anerkennung gesehnt. Aber wenn sie ihm bei ihren seltenen Begegnungen von ihren Leidenschaften, von Malerei und Architektur, erzählte, sah sie die Ungeduld in seinen Augen, als würde sie ihm die Zeit rauben. Gilles Dupeyron betrachtete Kunst als annehmbaren Zeitvertreib, aber nicht als ernstzunehmende Beschäftigung. Sie hatte Abende lang auf ihn eingeredet, um ihn von der Notwendigkeit des Schönen und der Kunst zu überzeugen, hatte ihm die Traurigkeit einer Welt ohne Geschichten, ohne Musik, ohne Malerei vor Augen geführt.

»Natürlich«, hatte er mit einem Grinsen geantwortet. »Wenn du Mozart, Debussy oder Proust meinst.«

Schließlich hatte sie seinetwegen die Malerei für den solideren Beruf einer Innenarchitektin aufgegeben. In letzter Zeit hatte sie allerdings die Erfahrung machen müssen, dass auch dieser Beruf nicht unbedingt ein Auskommen sicherte. In Krisenzeiten kann man leicht auf eine Raumausstatterin verzichten, niemals hingegen auf einen Chirurgen oder Metzger. Insofern hatte ihr Vater recht behalten, was die Erfahrung noch bitterer machte.

»Herrgott, warum gehst du auch jedes Mal ran?«, fragte Cyril gereizt, als sie sich wieder zu ihnen setzte. Seit zwölf Jahren war er ohnmächtiger Zeuge dieses absurden Rituals zwischen Vater und Tochter. Solange Delphines fürsorgliche Mutter noch gelebt und ihr beigestanden hatte, waren diese Anrufe weniger belastend gewesen. Delphine zuckte nur mit den Schultern und wiederholte dieselbe Lüge wie in all den Jahren zuvor: »Das läuft aufs Gleiche hinaus.«

Cyril sah sie von der Seite an und schüttelte verständnislos den Kopf. Delphine lächelte unsicher. Sie konnte ihr Verhalten nicht erklären. Hoffnung war es nicht; sie wusste, dass die Beziehung zu ihrem Vater nicht zu retten war. Sie hätte diese Beziehung vielleicht endgültig ad acta legen können, wären da nicht die jährlichen Anrufe gewesen, die sie an ihre eigene Unzulänglichkeit erinnerten, anstatt ihr eine Freude zu machen. Sie wusste nicht, ob dieses einzige Lebenszeichen ihres Vaters an ihrem Geburtstag eine gezielte perverse Folter oder eine Anwandlung von schlechtem Gewissen war. Wenn sie die Mailbox eingeschaltet und die Botschaft ungehört gelöscht hätte, hätte sie die vorhersehbare Verzweiflung vermeiden können, aber vielleicht war die Vorstellung der Erlösung zu köstlich und zu gefährlich zugleich.

Um die Spannung zu vertreiben, stimmte Laureen wie jedes Jahr »Happy Birthday« an. Die anderen stimmten ein.

»Nächstes Jahr, zu deinem Vierzigsten, singen wir es in allen Sprachen«, schlug Caroline vor.

Gerührt von so viel Zuneigung umarmte Delphine sie alle. Sie ließen die Gläser klingen, und allmählich entglitt der Abend in das unvermeidliche fröhliche Besäufnis. Das Kätzchen tauchte nicht mehr auf.

2

Als Delphine mühsam die Augen aufschlug, pochte das Blut in ihren Schläfen. Während sie auf der Suche nach einer Aspirin ihren Nachttisch abtastete, fiel ihr Blick auf das Kätzchen, das an ihren Bauch geschmiegt ruhig schlief. Sie lächelte und streckte die Hand aus, um es zu streicheln. Jetzt öffnete auch das Kätzchen die Augen.

»Pascha!«

Der Name war ihr spontan in den Sinn gekommen. Er stand in völligem Widerspruch zu der zarten Gestalt, die neben ihr lag, aber mit ein wenig Phantasie konnte man sich den stolzen Kater ausmalen, zu dem das Kätzchen einmal werden würde.

Sie nahm es hoch, überrascht, wie leicht es war, und schaute es sich genauer an. Es war wirklich schön. Mit seinem langen, glänzend grauen Fell konnte man es für eine Angorakatze halten, aber in Wirklichkeit stammte es von einer langen Reihe Straßenkatzen und ein paar reinrassigen ab, die der Wachsamkeit ihrer Besitzer entkommen waren, schlechten Umgang gepflegt und eine bleibende Erinnerung an ihre glücklichen Liebesspiele hinterlassen hatten.

Das Kätzchen warf ihr einen langen, undurchdringlichen Blick zu und fing an zu schnurren. Delphine steckte ihr Gesicht in sein Fell, das sie in der Nase kitzelte.

Sie setzte es wieder aufs Bett, schluckte eine Tablette und öffnete die Schublade der Anrichte. Wie immer hatte

Cyril einen Fünfzigeuroschein hineingelegt, für den Fall, dass sie einkaufen musste und ihr Konto überzogen war, was in letzter Zeit öfter vorkam. Er erwähnte die Schublade nie und begnügte sich damit, sie diskret nachzufüllen, sodass sie ihn niemals um Geld bitten musste. Sie sprach auch nie darüber, hatte es jedoch immer im Kopf, als greifbaren Beweis, dass ihr Vater recht hatte.

Delphine nahm den Schein und steckte ihn hastig ein, als könnte sie die Geste durch Eile leichter aus ihrem Gedächtnis löschen. Sie wollte das Geld nicht nehmen, aber sie musste in die Apotheke, und ihr Portemonnaie war leer.

Bevor sie in die Metro abtauchte, schaute sie besorgt zum Himmel. Bald würden die ersten Tropfen auf den Asphalt fallen, dann mehr und mehr, in immer dichterer Folge, bis die feuchten Flecken zu Pfützen, Bächen und Fluten werden und in den Rinnsteinen Strudel bilden würden. Hätte sie nur einen Schirm mitgenommen!

Als sie gegen Mittag nass bis auf die Knochen nach Hause kam, fühlte sie sich müde und mutlos. Sie kam von einem weiteren fruchtlosen Treffen mit dem Besitzer eines kleinen Hotels gleich neben dem Théâtre de l'Odéon, der sein Foyer umgestalten wollte, ohne das dafür nötige Geld auszugeben. Delphine hatte ihm schon drei Voranschläge unterbreitet, wobei sie jedes Mal aufs Neue ihre Margen und Leistungen einschränkte und so weit wie möglich an der Qualität der einzelnen Elemente sparte, aber es half nichts. Der Vertrag war immer noch nicht unterschrieben, und sie arbeitete also ohne Vergütung. Im Vorbeigehen hob sie einen Umschlag auf, den der Hauswart unter der Tür durchgeschoben hatte, und ließ sich aufs Bett fallen. Pascha sprang zu ihr, wahrte aber noch etwas Distanz. Sie riss den Umschlag ohne Neugier auf und las überrascht den Briefkopf eines Notars aus Toulon, den sie nicht kannte. Sie war noch nie in Toulon gewesen.

Mademoiselle,
ich bedauere, Sie vom Ableben von Madame Pauline Pastorelli, geborene Bouvard, am 12. Januar dieses Jahres in Sanary-sur-Mer in Kenntnis setzen zu müssen. Madame Pastorelli hat zu Lebzeiten verfügt, Sie zur Alleinerbin all ihrer Güter einzusetzen. Ich bitte Sie, Kontakt mit meiner Kanzlei aufzunehmen, damit wir die Testamentseröffnung vornehmen können. Mit freundlichen Grüßen, Maître Noël Beauregard.

Delphine las den Text ein zweites Mal, um sich zu vergewissern, dass sie richtig verstanden hatte. Sie war Madame Pastorelli nur zwei- oder dreimal im Leben begegnet, wusste aber, dass sie die Lieblingscousine ihrer Mutter gewesen war. Ihre Mutter war nie sonderlich vom Familienleben begeistert gewesen. Die jährlichen Treffen, der Tratsch, die Bündnisse und Zerwürfnisse gingen ihr auf die Nerven. Sie fand ihren Cousin Charles blöd, ihre Tante Léonie geschwätzig und hielt ihren Onkel Paul für einen Klugscheißer. Auch als ihre Ehe zerbrach, hatte sich daran nicht das Geringste geändert. Nur Pauline Pastorelli hatte Gnade vor ihren Augen gefunden. Die beiden Frauen hatten einander respektiert, sich deshalb aber nicht ständig getroffen. Von Natur aus reserviert, hatten sie nur von Zeit zu Zeit miteinander telefoniert, um sich über die großen Ereignisse in ihrem Leben auf dem Laufenden zu halten. Zum Tod ihrer Mutter hatte Pauline Pastorelli Delphine einen herzlichen Beileidsbrief geschrieben, war aber nicht zur Beerdigung erschienen.

Delphine erinnerte sich besonders an eine Begegnung, als sie zwölf war und mit ihrer Mutter im Süden Ferien gemacht hatte. Sie waren zu dritt in einem Restaurant mit Meeresblick gewesen, und Delphine erinnerte sich besser an den Taschenkrebs, den sie bestellt hatte, und ihre Schwierigkeiten, dessen Schale zu knacken, als an die Unterhaltung der Erwachsenen über Leute, die sie kaum kannte. Die beiden Cousinen hatten halbverdeckte Informationen ausgetauscht, so, wie sich Erwachsene im Beisein von Kindern häufig unterhalten. Delphine hatte sich ein wenig ausgeschlossen gefühlt, aber ihr kurzes Schmollen war von einem üppigen Nachtisch verjagt worden, der gegen Ende des Essens ihre ganze Aufmerksamkeit beansprucht hatte. Konnte man wirklich jemanden beerben, den man nur so flüchtig kannte? Das gab es doch nur im Film! Vielleicht war es ein Scherz, mit dem ein Spaßvogel sie verulken wollte. Sie wendete den Brief hin und her und untersuchte ihn von allen Seiten, um Hinweise auf eine Fälschung zu entdecken, aber er sah absolut echt aus.

»Ruf ihn doch erst mal an!«, riet ihr Cyril, als sie ihm den Brief vorgelesen hatte. Er war gerade von seiner Literaturvorlesung vor Studenten des dritten Studienjahres zurückgekommen. »Sei bloß vorsichtig, solange du nicht weißt, worum es geht! Ich möchte dir eine Enttäuschung ersparen. Aber wenn du heute Vormittag noch jemanden erreichen willst, musst du dich beeilen! Es ist zehn vor zwölf! In der Provinz ist die Essenszeit heilig. Hier übrigens auch. Ich werde mich sofort darum kümmern.«

Delphine nickte. Cyril küsste sie, reichte ihr das Telefon und ging hinaus.

»Vielleicht hat die Sache irgendeinen Haken«, rief er aus der Küche. »Schulden oder andere Probleme. Sag ihm, du möchtest die Testamentseröffnung unter Vorbehalt eines Nachlassverzeichnisses. Ich glaube, so nennt man das.«

»Du bist ein alter Pessimist.«

»Alle Alten sind Pessimisten. Eine skeptische Einschätzung jeder Situation ist der Beginn der Weisheit.«

»Schwachsinn«, wollte Delphine, die ihm in die Küche gefolgt war, gerade antworten, als die Fanfare erschallte, die fast jeden Tag zur Mittagszeit in ihrer Straße dröhnte. Meistens begnügten sie sich damit, lautstark die Fenster zuzuschlagen, aber diesmal machten die Musiker noch mehr Radau und spielten noch falscher als sonst, sodass jedes Gespräch unmöglich wurde.

»Jetzt reicht es mir«, explodierte Cyril, und ehe Delphine es begriff, nahm er sich einen Eimer, füllte ihn mit Wasser, stürmte auf den kleinen Balkon und kippte ihn aus. Delphine war fassungslos. Man hörte ein Gluckern, einen Schrei, kurze Stille, dann wütende Proteste. Cyril kam mit einem triumphalen Lächeln auf den Lippen herein und schloss mit Nachdruck das Fenster.

3

»Ein Haus in Sanary-sur-Mer?«, wiederholte Delphine ungläubig und verzog das Gesicht in Richtung Cyril, um seine Aufmerksamkeit auf sich zu ziehen. Er hatte das Essen aufgesetzt und saß nun an seinem Computer in ihrem gemeinsamen Arbeitszimmer.

»Ein Landhaus aus dem neunzehnten Jahrhundert, soviel ich weiß«, ergänzte Maître Noël Beauregard. Cyril schrieb »Lautsprecher« auf einen Zettel und hielt ihn hoch. Sie lächelte und drückte auf die Taste.

»Ich sage es Ihnen am Telefon, weil es für niemanden ein Geheimnis ist. Wenn Sie mir den Brief mit dem Antrag auf Testamentseröffnung schnell schicken, kann ich sofort mit der Erstellung des Nachlassverzeichnisses beginnen. Aber meiner Meinung nach sollten Sie diese Erbschaft unbedingt annehmen. Solche Häuser findet man äußerst selten. Sie werden von Generation zu Generation weitergegeben. So etwas finden Sie niemals auf dem Markt, oder nur für sehr viel Geld.«

»Und gibt es keine anderen Erben?«, fragte Delphine. Cyril nickte zur Bestätigung, dass sich diese Frage in der Tat aufdrängte.

»Nicht dass ich wüsste. Das kommt öfter vor, als die Leute denken, wissen Sie? Manchmal muss man sogar eine internationale Erbensuche einleiten. Dann braucht man einen Erbenermittler, und das ist ein wahrer Wettlauf gegen die Zeit.«

Für Delphine war das alles neu. Sie hatte sich nie um Erbschaftsprobleme gekümmert. Als ihre Mutter starb, war sie als Einzelkind die einzige Erbin der wenigen Güter, die sie hinterließ. In ihrem Schmerz hatte sie die materiellen Dinge völlig vergessen. Cyril hatte sämtliche Amtswege übernommen.

»Es ist möglich, dass es irgendwo eine andere Person gibt, die einen Teil der Erbschaft beanspruchen könnte, aber da es weder direkte Nachkommen noch nahe Verwandte gibt und Ihre Großtante ein Testament gemacht hat, ist die Wahrscheinlichkeit, dass sich jemand meldet, minimal.«

»Aber denkbar wäre es?«, fragte sie hartnäckig nach.

»Einsprüche sind immer möglich, aber an Ihrer Stelle würde ich mir darum keine Sorgen machen. Zur Testamentseröffnung müssten Sie sich hierherbemühen. Vom Tag der Eröffnung an haben Sie dann vier Monate Zeit, um sich zu entscheiden und mir mitzuteilen, ob Sie das Erbe annehmen oder nicht.«

»Einverstanden.«

»Dann bis bald, Mademoiselle Dupeyron.«

Sie fiel Cyril um den Hals. Eine Villa an der Côte d'Azur! Sie konnte es nicht fassen.

»Begreifst du das?«, fragte sie drei Mal.

»Eine phantastische Nachricht! Aber irgendwie ist es doch ein bisschen merkwürdig. Auf alle Fälle wirst du ein ordentliches Sümmchen kassieren und künftig etwas ruhiger leben«, sagte Cyril lächelnd.

Delphine löste sich von ihm und stimmte ihm zu. Bei der Vorstellung, das Haus sofort zu verkaufen, ohne es wenigstens gesehen zu haben, ein Haus, dessen Eigentümerin sie gerade unter ebenso mysteriösen wie märchenhaften

Umständen werden sollte, hatte sie allerdings das Gefühl, es gegenüber der Verstorbenen an Respekt fehlen zu lassen.

Sie setzte sich wieder an ihren Schreibtisch.

»Ich begreife immer noch nicht, warum sie ausgerechnet mich ausgewählt hat«, überlegte sie laut. »Sie kannte mich doch kaum. Ich nehme an, meine Mutter hat ihr viel von mir erzählt, aber mir deswegen ein Hans zu hinterlassen …«

Sie kritzelte mechanisch ein Quadrat auf ein Stück Papier, setzte ein Dreieck drauf und merkte, dass sie begonnen hatte, ein Haus zu zeichnen, so wie Kinder es tun.

»Jetzt habe ich fast ein schlechtes Gewissen, dass ich mich nicht mehr um sie gekümmert habe. Aber du weißt ja, wie meine Mutter mit ihrer Familie war. Man konnte sie kaum darauf ansprechen, ohne dass sie in die Luft ging.«

Cyril nickte. In der Tat hatte er Michèle gut gekannt. Ihm gegenüber hatte sie sich zwar immer sehr herzlich gezeigt, aber sie hatte in vielen Dingen festgefahrene Ideen, von denen sie um nichts in der Welt abzubringen war.

»Vielleicht keine ganz schlechte Einstellung«, antwortete Cyril, der im Grunde mit Michèle einer Meinung war, was Familiensachen anbelangte. Seine vier Geschwister und ebenso viele Schwager und Schwägerinnen waren ihm stets als eine Prüfung des Schicksals erschienen.

Gedankenverloren fügte Delphine in ihrer Zeichnung noch einen Schornstein hinzu, dann strich sie alles mit einer entschiedenen Geste durch und warf den Zettel in den Papierkorb.

»Warte erst mal ab, woraus diese Erbschaft genau besteht. Du darfst auch die Steuern nicht vergessen. Da du kein direkter Nachkomme bist, werden sie dir einen hohen Prozentsatz abverlangen. Ich glaube, ganze sechzig Prozent«, sagte er, während er seinen Text speicherte.

»Sechzig Prozent? Das ist ja Wahnsinn!«

»Steuern bleiben keinem erspart; das solltest sogar du allmählich wissen. Aber in diesem Fall finde ich es ganz in Ordnung, dass der Staat sich einen Teil des Geldes holt. Oder?«

Er fing wieder an zu tippen.

»Ja, natürlich«, stotterte sie.

»Und deswegen wird dir wahrscheinlich sowieso nichts anderes übrigbleiben, als sofort zu verkaufen.«

Sein Blick blieb weiterhin an dem Text haften, den er für ein Kolloquium verfasste.

»Es sei denn, diese Cousine von deiner Mutter hat dir zusätzlich genügend Geld hinterlassen, um dem Staat seinen Anteil zu zahlen, aber das wäre ein Wunder.«

Delphine runzelte die Stirn. So hatte sie das Ganze noch gar nicht betrachtet.

»Andererseits, warum nicht? Wo du anscheinend gerade deine Glückssträhne hast. Allerdings ist es nicht gerade umsonst, ein Haus an der Côte d'Azur zu unterhalten.«

Er drehte seinen Stuhl, um Delphine anschauen zu können, bevor er sich in die detaillierte Aufzählung aller Kosten stürzte.

»Grundsteuer, Reparaturen, Strom, Gas und so weiter. Diese Summe nur für ein paar Wochen Ferien auszugeben wäre ein ziemlicher Luxus.«

Cyrils Argumente waren vernünftig, da konnte man nichts einwenden, aber es war auch die ernüchterndste Rede, die Delphine je gehört hatte. Genauso stimulierend wie das Gesicht, das der Vater immer zog, wenn sie ihm als junges Mädchen ihre Zukunftspläne geschildert hatte.

Seufzend schrieb sie den Brief an den Notar, steckte ihn in einen Umschlag und versuchte, ihm keine allzu große Bedeutung beizumessen.

Dennoch musste sie in den folgenden Tagen ständig daran denken. Ein Haus zu erben, war das nicht ein Wink des Schicksals? Sie hatte noch nie einen Ort für sich besessen, um ihn nach ihrem Geschmack zu gestalten, einen Ort, wo sie ihren Beruf ausüben und dabei endlich ihre kühnsten Einfälle hätte realisieren können. Die Côte d'Azur und die Provence mit ihren Lavendelfeldern, den Olivenbäumen, die sich wie ein Schattenspiel vor dem strahlenden Himmel abzeichneten, gingen ihr nicht mehr aus dem Sinn.

Während sie am Morgen des dritten Tages zum x-ten Male den Hoteltresen zeichnete, keimte eine neue Idee in ihrem Kopf. Warum sollten sie in der Villa nur die Ferien verbringen? Sie könnten dort wohnen. Ihr Pariser Leben, den Krach, die schlechte Luft und die Enge aufgeben, um sich am Meer niederzulassen. Sich während der langen Frühlingsabende auf der Terrasse entspannen und bei einem Glas Rosé den Sonnenuntergang bewundern. In diesem beschaulichen Umfeld war es wahrscheinlich auch viel leichter, ein Kind zu zeugen und aufzuziehen. Ihr größter Traum würde endlich Wirklichkeit werden! Wie oft hatte sie schon gehofft! War vor Schaufenstern stehen geblieben und hatte die winzigen bunten T-Shirts, Strampelanzüge und Söckchen bewundert! Manchmal hatte sie sich in Kaufhäusern absichtlich in die Babyabteilung verirrt und hatte mit der Hand unauffällig die weichen Schmusetiere gestreichelt. Jeden Morgen nahm sie gewissenhaft die Vitamine ein, die ihre Fruchtbarkeit stimulieren sollten. Sie bemühte sich, nicht zu sehr an das Datum ihres Eisprungs zu denken, um ihre Liebesspiele nicht allzu technisch werden zu lassen, aber in Wirklichkeit gelang es ihr nie, es ganz und gar zu vergessen. Im Mai waren es nun schon zwei Jahre, die sie vergeblich versuchte, schwanger zu werden. Zwei Jahre, in denen sie nach und nach ihr Vertrauen verloren hatte und immer mehr von Zweifeln geplagt worden war. Cyril gab sich dagegen zuversichtlich. Obwohl er dem Projekt ursprünglich eher skeptisch gegenübergestanden hatte, ließ er jetzt verlauten, dass auch er ein Kind wolle. Trotzdem wirkte er erstaunlich gleichmütig. Wenn sie ihn nach den Gründen für seine Gelassenheit fragte, antwortete er, man könne das Schicksal nicht zwingen. Was passieren solle, werde passieren. Delphine wusste, dass er tief in seinem Innern diesen Eingriff in ihre eingespielte Zweisamkeit fürchtete.

Cyrils Ungeduld, ihr Leben verwandelt zu sehen, hielt sich also in Grenzen, während Delphines von Tag zu Tag stärker wurde. Die Zeit verging, und die biologische Uhr tickte. Warum nur schlugen alle ihre Versuche fehl?

Ihre Frauenärztin hatte ihr erklärt, dass verschiedene Faktoren bei der Empfängnis eine Rolle spielen. Das Alter der Mutter und ihre Befindlichkeit waren zwar wichtig, aber auch psychologische Einflüsse wie Stress, Sorgen und die Harmonie des Paares müssten bedacht werden. Die warme Atmosphäre des Südens würde bestimmt dazu beitragen, alle äußeren und inneren Störungen zu beseitigen. Das Pariser Leben mit seinen ständigen Spannungen, den langen Fahrten in überfüllten U-Bahnen und seiner ewigen Hetze belastete sie vielleicht zu sehr, um sich auf das Wesentliche konzentrieren zu können. Allerdings hatte sie bisher nie außerhalb von Paris gelebt. Die Idee, in eine völlig andere Umgebung zu ziehen, war ihr noch nie gekommen – aber plötzlich fiel es ihr wie Schuppen von den Augen. Diese Veränderung in ihrem Leben würde andere nach sich ziehen. Das war so gut wie sicher.

Sogar beruflich würde Delphine einen Vorteil daraus ziehen. Die begüterten Einwohner an der Côte d'Azur brauchten bestimmt eine Raumgestalterin für ihre Villen, Jachten und anderen Besitztümer. Diese Erbschaft war ein Zeichen. Es zu ignorieren wäre eine Beleidigung der Vorsehung.

»Das ist nun wirklich keine gute Idee«, urteilte Cyril, als sie ihm am Abend ihre Überlegungen darlegte.

Sie nahm die Flasche Château Talbot, die sie für diesen Anlass gekauft hatte, und füllte ihre Gläser.

»Warum?«, fragte Delphine ruhig. Sie hatte Cyrils Lieblingsgericht, Kaninchen mit Backpflaumen, zubereitet, um ihn in gute Laune zu versetzen.

»Natürlich würde das eine große Veränderung bedeuten.«

»Das ist ein Euphemismus«, rief Cyril. »Sagen wir lieber, dass unser Leben überhaupt nichts mehr mit dem gegenwärtigen zu tun hätte.«

Pascha, der sich bislang nur an ihren Beine gerieben hatte, nutzte den Moment, als Delphine ihr Besteck hinlegte und ihren Stuhl zurückschob, um auf ihren Schoß zu springen und sich an ihren Bauch zu schmiegen.

»Natürlich wäre es anders, aber es hätte viele Vorteile. Wir hätten weniger Ausgaben, angefangen bei der Miete. Wir könnten neun Monate im Jahr baden. Wir würden nicht mehr unter dem Regen, der Kälte und den langen Wintern in Paris leiden.«

Delphine schob nachdenklich ihre Finger in das lange glänzende Fell des Katers und fing an, ihn zu streicheln. Er dankte es ihr mit lautem Schnurren. Cyril warf ihr einen kurzen Blick zu, bevor er antwortete.

»Ich habe nie unter meinem Pariser Leben gelitten. Ich lebe sehr gern hier, ob bei Wind oder bei Regen. Außerdem, ich weiß nicht, ob du diese Kleinigkeit vergessen hast, arbeite ich in Paris. Ich habe einen Posten an der Uni, an dem ich sehr hänge und mit dem ich anständig verdiene, was uns immer ganz gelegen gekommen ist.«

Er schob seinen Teller zurück, ohne aufzuessen.

»Das ist kein Hinderungsgrund. Du musst doch nur zwei oder drei Tage in der Woche in Paris sein, den Rest der Woche arbeitest du zu Hause«, antwortete Delphine sogleich.

»Und wo soll ich an diesen zwei oder drei Tagen wohnen?«

Sie hatte beim Kochen an all diese Einwände gedacht.

»Entweder du mietest dir eine kleine Wohnung, oder du schläfst bei Angélique und Martin. Sie haben eine riesige Wohnung und würden dich bestimmt mit Freude aufnehmen.«

»Das denkst du.«

»Nein, das weißt du so gut wie ich. Sie sind gerade die Ersten, die mir einfallen; es gibt sicher noch andere, die dich liebend gern zwei Tage in der Woche bei sich aufnehmen würden. Wenn nicht, machst du es im Wechsel, eine Woche bei den einen, eine Woche bei den anderen. Laureen hat auch genug Platz, und sie himmelt dich an. Ein bisschen zu viel übrigens. Wenn sie nicht meine beste

Freundin wäre …«, fügte sie neckend hinzu. Er schüttelte den Kopf und verzog den Mund, um zu bekunden, wie entsetzt er über so viel Dummheit war.

»Nein, Spaß beiseite«, fuhr Delphine fort. »So könntest du deine Freundschaften pflegen und hättest zugleich eine viel bessere Lebensqualität als in Paris.«

»Aber es gefällt mir, dass ich ausgehen kann, wenn es mir gerade in den Sinn kommt. Ich brauche bloß runterzugehen, dann bin ich im Zentrum einer Stadt voller Leben. Ich kann jederzeit ins Kino gehen, Ausstellungen sehen, zu denen Menschen vom anderen Ende der Welt angereist kommen, zufällig Freunde in der Kneipe an der Ecke treffen. In Sanary-sur-Mer kann ich das nicht. Verstehst du?«

Das war eindeutig, aber Delphine gab noch nicht auf.

»Du kannst dafür anderes machen. Aufs Meer fahren, angeln, baden, gärtnern oder …«

Sie setzte eine schelmische Miene auf und streckte ihm die Lippen entgegen.

»Pastis trinken«, sagte er vor dem Kuss.

»Hör auf, dich über mich lustig zu machen!« Sie rückte ein wenig von ihm ab.

»Ich mache mich nicht lustig. Die Aussicht auf den Ricard gefällt mir ganz gut.« Cyril lächelte endlich, während er mit der Gabel eine Backpflaume aufspießte und in den Mund steckte.

»Die Vorlesungsvorbereitung, die Durchsicht der Arbeiten und den Verwaltungskram machst du zu Hause. Heute kann man viele Sachen per Internet, Mail und Telefon erledigen. Ich sage ja nicht, dass es unbedingt eine gute Idee ist, aber man könnte sich dieses Landhaus wenigstens mal ansehen, oder?«

Sie schaute ihn flehend an.

»Ich werde es aus purer Neugier besichtigen, aber leben werde ich dort garantiert nicht«, sagte Cyril und goss ihnen ein zweites Glas ein. Der Kater richtete seine grünen Augen auf ihn, betrachtete ihn prüfend, sprang auf die Erde und floh unter den Tisch.

4

Sie brausten mit dem Wagen, den sie in Toulon gemietet hatten, die Küstenstraße entlang. Die Mittagssonne spiegelte sich in den kleinen Wellen des Meeres, das hier und da zwischen den Bäumen und Häusern aufblitzte. Das Thermometer zeigte siebzehn Grad an, obwohl es erst Februar war, hier und da entboten ihnen blühende Mimosen einen diskreten Willkommensgruß. Delphine hatte den Mantel abgelegt und machte es sich auf ihrem Sitz bequem. Cyril fuhr im Hemd, die Sonnenbrille auf der Nase. Unbewusst trällerte er einen Schlager, den er am Vortag im Radio gehört hatte. Delphine lächelte.

In der Kanzlei von Maître Beauregard hatten sie die Formalitäten rasch abgewickelt. Die Verlesung des Testaments hatte bestätigt, was ihnen schon durch das Nachlassverzeichnis bekannt war. Delphine erbte ein großes Haus mitsamt Möbeln und Inventar in Sanary-sur-Mer, umgeben von einem Hektar Land, sowie eine Summe von rund achthunderttausend Euro. Sie hatte die Kenntnisnahme des Testaments durch ihre Unterschrift bestätigt und sich eine Viertelstunde später schon vom Notar verabschiedet.

»Du wirst keinen Cent von diesem Geld sehen«, warnte Cyril im Hinausgehen. »Es fließt direkt in die Staatskasse.«

Der Notar reichte ihnen zwei Schlüsselbunde.

»Das stimmt, wenn Sie das Haus behalten. Die Geldsumme dürfte etwa sechzig Prozent seines Wertes betragen, aber dazu müsste selbstverständlich eine Schätzung der Immobilie vorgenommen werden. Sie können auch den Staat auszahlen, indem Sie auf das Land verzichten. Aber sehen Sie es sich erst einmal an. Wir reden später darüber. Ich wünsche ein schönes Wochenende.«

Eine Landkarte und den kostbaren kleinen Zettel mit der Adresse auf dem Schoß, sah Delphine die provenzalische Landschaft an ihnen vorüberziehen. Sie wollte sich nichts von diesem Tag entgehen lassen. Es kam selten vor, dass sie Paris außerhalb der Semesterferien verließen.

»Wollen wir uns nicht erst mal ein kleines Restaurant am Meer suchen?«, fragte Cyril.

Er fuhr ins Stadtzentrum von Sanary, direkt zum Hafen. Die Restaurant-Terrassen füllten sich allmählich. Es war die Zeit des Aperitifs, auf fast allen Tischen standen die Pastisgläser.

Sie entschieden sich für das Café de la Marine, das ihnen einen schönen Meeresblick bot.

»Jetzt, wo du reich bist, kannst du mich zum Essen einladen«, schlug Cyril vor.

Gut sah er aus in seinem weißen Hemd mit hochgekrempelten Ärmeln, dem grünen Pulli, den er sich lässig über die Schultern gehängt hatte, und den enggeschnittenen Jeans.

»Ich bin nicht reich, aber ich lade dich trotzdem ein«, sagte Delphine und entschied sich für geschmorten Tintenfisch. »Ich bin so froh, hier zu sein.«

»Ich muss zugeben, dass es sich hier angenehm lebt.« Cyril räkelte sich und schob seinen Stuhl ein Stück weiter, um die Sonne einzuholen. Er hielt sein Rosé-Glas hoch. »Auf deine Tante. Egal, was draus wird, sie hat dir ein schönes Geschenk gemacht. Friede ihrer Seele.«

»Auf Pauline Pastorelli.«

Ein etwa fünfzigjähriger Mann, der mit seiner vielköpfigen Familie am Nachbartisch saß, hob den Kopf und starrte sie an. Dann wandte er sich ab und flüsterte etwas ins Ohr seiner Begleiterin, einer makellos gebräunten, mit schwerem Schmuck behängten Dame. Sie gehörte zu den Frauen, die ihre Schönheit gegen die Jahre hatten verteidigen können, allerdings nicht ohne dafür unzählige Mühen und Entbehrungen auf sich zu nehmen. Ihre haselnussbraunen, in Goldtönen geschminkten Augen musterten Delphine so eindringlich, dass diese meinte, darin eine Mischung aus Neugier und Aggressivität lesen zu können. Delphine fühlte sich einen Moment lang verunsichert.

»Man könnte meinen, dass deine Verwandte in der Gegend bekannt war«, flüsterte Cyril.

»Hier kennen sich wahrscheinlich alle mehr oder weniger.«

»O ja, das sind die Freuden der Provinz. Für dich ist das neu. Du bist in Paris geboren. Ich habe das schon durch.«

Cyril war in Dôle aufgewachsen und erst mit achtzehn nach Paris gekommen.

»Es ist doch nicht unbedingt schlecht, wenn sich die Leute kennen«, wandte Delphine ein.

»Nicht unbedingt«, sagte er, während er die geschäftige und laute Familie diskret beobachtete. Ein Foxterrier lag bequem auf dem Schoß seiner Herrin und kläffte jedes Mal, wenn ein anderer Hund es wagte, sich seinem Territorium zu nähern.

Als ein Mann mit Löwenmähne, der sich mit der Erhabenheit der Honoratioren bewegte, an den Tisch trat und sich hinunterbeugte, um die Dame mit Küsschen zu begrüßen, knurrte der Hund und fletschte sogar die Zähne. Seine Besitzerin gab ihm einen zärtlichen Klaps auf die

Schnauze und schimpfte liebevoll, während ihr Mann laut auflachte.

Nach einer Weile verabschiedete sich die Gruppe, die nur auf einen Aperitif gekommen war, von ihren Bekannten und ging hinaus, einen Duft von süßlichem Parfum hinterlassend.

Delphine und Cyril lächelten sich erleichtert an. Schweigend genossen sie ihren Wein und lauschten den vereinzelten Tönen eines populären Liedes, das der Wind zu ihnen herübertrug. Cyril schaute sich um, woher die Musik wohl käme, und bemerkte ein altes Holzkarussell, das sich am anderen Ende des Kais drehte. Es wurde halb verdeckt von einem kleinen, modernen weißgekalkten Gebäude, das recht unscheinbar aussah.

»Ich glaube, da drüben ist die Touristeninformation. Ich schaffe es noch bis zum Essen, schnell einen Stadtplan zu holen.«

Er überquerte die Promenade in Rekordzeit, ohne sich um die Frauen zu kümmern, die ihn mit interessierten Blicken verfolgten, und verschwand in dem kleinen Haus.

Delphine blieb zurück und träumte ein wenig vor sich hin, genoss den Blick auf die friedliche Bucht mit den *Pointus*, den typischen provenzalischen Fischerbooten mit ihrem farbigen Rumpf, die zu Dutzenden im Hafen lagen. Einige Minuten später legte Cyril den Stadtplan und ein paar Prospekte auf den Tisch.

»Ich liebe diese kleinen Boote. Man sieht selten so viele auf einem Haufen.«

Delphine lächelte.

Er hatte sich kaum hingesetzt, da wurde ihr Tintenfisch serviert.

»Das sieht ja köstlich aus. Ich habe eben eine interessante

Geschichte erfahren«, sagte er, während er seine kleinen Tintenfische probierte, die köstlich nach Knoblauch und Petersilie rochen. »Sanary war während des Nationalsozialismus eine Hochburg der deutschen Emigration. Ungefähr vierzig Schriftsteller und Maler haben sich hier niedergelassen, zum Beispiel Thomas Mann und Bertolt Brecht. Wusstest du das?«

»Nein«, antwortete sie geistesabwesend, denn der Tintenfisch zerging ihr auf der Zunge und hinterließ einen überraschenden, etwas süßlichen Anisgeschmack. Es war ein Moment reinen Genusses. Delphines größte Begabung bestand darin, die einfachen Freuden wahrzunehmen, die sich im Gehirn festsetzen und dort eine Glücksreserve als Schutzwall gegen Schicksalsschläge und Verzweiflung bilden.

»An der Wand der Touristeninformation hängt eine Marmorplakette mit den Namen, und es soll einen ganze Stadtführung dazu geben.«

Er schob ihr einen der Prospekte hin. Delphine wischte sich die Hände ab, nahm einen Schluck von dem frischen, fruchtigen Weißwein und blätterte dabei in der kleinen Broschüre mit zahlreichen Fotos.

»So viele illustre Flüchtlinge in einem so kleinen Ort? Denn damals war es wohl eher ein Dorf, nehme ich an. Merkwürdig.«

»Wenn du willst, drehen wir eine Runde, nachdem wir dein Haus besichtigt haben.«

»Das ist unser Haus.«

»Nein, aber das ist unwichtig.«

Die Kirchenglocken läuteten ein Uhr, und die Flaggenleinen an den Masten klimperten fröhlich im Wind.

5

Das kleine, zum Schutz vor Eindringlingen und Neugierigen von einer Mauer umgebene Landhaus war von der Straße aus kaum zu sehen. Nur das flache Dach in provenzalischem Stil mit altertümlichen Ziegeln und der obere Teil eines von Pinien halb verdeckten Fensters zeichneten sich vor dem Azur des Himmels ab. Mit etwas Mühe öffnete Delphine das quietschende Tor. Als sie den Garten betraten, der nach Pinien, Jasmin und Mimosen duftete, flitzte ein erschrecktes Kaninchen davon und verschwand unter einem schlechtbeschnittenen Buchsbaum. Licht und Schatten teilten sich das Revier durch klare und exakte Zäsuren ohne Übergänge, wie zwei Armeen Auge in Auge, hier gleißendes Licht, da Finsternis. Das abschüssige Gelände war in Terrassen verwandelt worden, um unterschiedliche Vegetationszonen zu schaffen, von denen einige hinter Sträuchern versteckt lagen.

Die Vögel zwitscherten, und weiter unten rauschte das Meer.

Ringsum war nicht das geringste von Menschen verursachte Geräusch zu vernehmen. Auf dem Weg zum Haupteingang raschelten die Piniennadeln unter ihren Füßen. Das zweistöckige Haus in dunklem, beinahe rostfarbenem Ocker mit den geschlossenen blauen Fensterläden schien zu schlummern und von den Besuchern mitten in der Siesta gestört zu werden. Nur Leute aus dem Norden brachten es fertig, um diese Zeit aufzutauchen. Delphine und Cyril traten langsam und wortlos näher.

Auf der Terrasse, direkt neben der großen Tür, hatte der Mistral einen hölzernen Gartenstuhl umgeworfen. Ein Blumentopf war zu Bruch gegangen, die Erde war überall verstreut, und die Pflanze lag im Sterben. Ein Tisch aus Teakholz, auf dem Gläser ihre Spuren hinterlassen hatten, war gegen die Wand geschoben. Sie betrachteten dieses völlig fremde Universum, dessen Besitzerin Delphine über Nacht geworden war. War sie eine Usurpatorin? Rechtfertigte die Tatsache, zufällig in dieser familiären Nachkommenschaft zu stehen, ein paar Tröpfchen gemeinsames Blut zu haben, so ein Geschenk?

Verstört von diesem Heer von Zweifeln, das über sie herfiel, suchte Delphine nach dem richtigen Schlüssel und ließ dabei das dicke Schlüsselbund klirren. Der metallische Ton wirkte unpassend in dieser Naturoase.

Als sie die Tür aufmachte, wurden sie von der Kühle des dunklen Inneren überrascht. Delphine, gleichzeitig neugierig und eingeschüchtert, ging voran. Sie tastete die Wand ab und suchte einen Schalter. Gleich darauf erhellte ein großer Lüster aus venezianischem Glas eine weiträumige Diele mit gelblichem Kalkanstrich und schwerem, antikem Mobiliar, das finster wirkte. Delphine öffnete eilig die Fenster und stieß die Läden auf, um das Tageslicht hereinzulassen. Die Wände waren mit Gemälden geschmückt, die vom Beginn des 20. Jahrhunderts stammten. Die meisten stellten provenzalische Landschaften dar, außerdem hing dort das Porträt einer brünetten Frau, die den Betrachter fragend anschaute. Sie trug eine gelbe Bluse mit karminroten Blütenmotiven, ihr Dekolleté entblößte erstaunlich weiße Haut, sie stand vor Weinhügeln, die in sanfter Neigung zur Küste hinabführten.

»Sie sieht dir nicht ähnlich«, stellte Cyril fest, der das Porträt genau betrachtete.

»Glaubst du, das ist Pauline Pastorelli?«, fragte Delphine zweifelnd.

»Ich denke schon. Kannst du dich nicht an sie erinnern?«

»Nicht gut«, gestand Delphine. »Sie kam mir zierlich und elegant vor. Das ist alles, was mir einfällt. Ihre Haare waren dunkelbraun.«

»Wie bei den meisten Frauen hier im Süden«, bemerkte Cyril, der das Gemälde nach einer Signatur absuchte.

»Man könnte glauben, sie schaut uns an.«

Die mandelförmigen Augen der Provenzalin wirkten tatsächlich lebendig – das Werk eines guten Malers. Ihre Lippen waren leicht geschürzt, als würde sie über die Leiden ihrer Artgenossen schmunzeln, die sie gut kannte.

»Vielleicht finden wir ein Foto von deiner Tante. Dann wissen wir es genau.« Cyril trennte sich von dem Porträt und lenkte seine Schritte in ein großes Zimmer, das sich als Salon herausstellte. Eine Fensterfront mit einer Tür führte zur Terrasse. Massive Olivenholzmöbel bildeten die traditionelle Einrichtung. Cyril öffnete aufs Geratewohl eine schwere, mit Schnitzereien verzierte Anrichte. Sie war vollgestopft mit altem Geschirr.

Sie erkundeten die Räume im Erdgeschoss, in denen sie nach und nach alle Fensterläden öffneten.

Delphine betrat ein kleines Zimmer hinter dem Salon, in dessen Mitte ein verstaubtes Klavier stand. Getrocknete Feldblumen steckten in rustikalen Vasen.

Als sie in dem Raum hinter der Diele die Läden aufstießen, lag eine geräumige Küche mit langem Esstisch in der Mitte lichtdurchflutet vor ihnen. Auch hier war alles unverändert. Nur der Kühlschrank war geleert und abgeschaltet worden, aber im Wandschrank fanden sie noch Nudeln und Konserven.

Die obere Etage bestand aus einem etwas altmodischen Bad und drei Schlafzimmern. Beim Öffnen der Fensterläden hielt das Mittelmeer Einzug, blau wie auf einer Ansichtskarte. Ein sandiger Pfad führte zu einem kleinen, vor Blicken geschützten Strand.

Der Nachmittag verflog. Statt wie geplant ein Hotelzimmer zu nehmen, beschlossen sie, sich für die Nacht im Haus einzurichten. Sie erledigten zu Fuß ein paar Einkäufe und aßen abends auf der Terrasse mit dem Anblick der Sonne, die sich in einen glühenden Ball verwandelte, sich mit ihren orangen, immer länger werdenden Strahlen an die Erde klammerte und endlich losließ, um vom Meer verschlungen zu werden.

»Wir könnten es versuchen«, sagte Cyril, während er ein Stück Brot mit Tapenade bestrich.

»Was könnten wir versuchen?«, fragte Delphine nachdenklich.

»Hier zu leben.«

6

Eigentlich ist es gar nicht schwer, sein Leben auf den Kopf zu stellen. Ein kurzes Tohuwabohu, ein Wind, der vorübergehend die Wasseroberfläche kräuselt, ohne jedoch die Tiefe aufzuwühlen.

Der hier und da tränenreiche Abschied von ihren Freunden schmerzte Delphine, vor allem die Aussicht, auf Laureen zu verzichten, auf ihre Verbundenheit, die kleinen Vertraulichkeiten und Späße, die den Pariser Alltag so angenehm gemacht hatten. Aber die Aussicht, in diesem Traumhaus ein neues Leben zu beginnen, gewann schnell wieder die Oberhand. Für Cyril stellten sich die Dinge etwas anders dar. Manchmal glaubte Delphine zu spüren, dass er schwankte. Er schien Paris nachzutrauern, ehe er es überhaupt verlassen hatte. Das wird besser, wenn wir erst endgültig dort sind, dachte sie.

Sie hingegen reizte die Vorstellung, alles umzumodeln. Es war, als drehten sie die Uhr zwanzig Jahre zurück, zu der Zeit, als sich die Lebenspläne gerade vage angedeutet hatten, sich noch verändern, überdenken und an jedem Scheideweg verbessern ließen. Manchmal hatte sie in Paris von einer solchen Erneuerung geträumt und war drauf und dran gewesen, die Hälfte ihrer Möbel und anderen Besitztümer rauszuschmeißen, um für neue, noch unbekannte Platz zu schaffen. So, wie sie auch manchmal versuchte, sich in einem anderen Leben zu sehen. Auf der Durchreise hatte sie sich in der einen oder anderen Stadt oft gefragt: Könnte ich hier leben? Unter den beleuchteten Fenstern einer Wohnung in Amsterdam: Und wenn ich hier wohnen würde? Ich würde meinen Einkauf dort an der Ecke erledigen und mit dem Fahrrad zur Arbeit fahren. Zu welcher Arbeit? Was macht überhaupt mein Leben aus? Könnte es nicht auch ganz anders ablaufen? Wer hat wann darüber entschieden? In Gedanken ging sie dann den Weg rückwärts, stellte alle Entscheidungen, das Studium, die Männer auf den Prüfstand. Hatte sie sich irgendwo geirrt? Würde sie es jemals erfahren? Aber wenn sie dann alles durcheinandergewirbelt hatte, nahm sie es hastig zurück, als hätte sie Angst vor der eigenen Courage. Dann fühlte sie sich beruhigt – bis zum nächsten Mal. Ein kleiner schattiger Platz im Herzen von Madrid. Und wenn ich da wohnen würde? Und es ging von vorne los.

Davon hatte sie Cyril nie erzählt. Er war ihr Hafen, ihre Zukunft und seit dem Tod ihrer Mutter ihre ganze Familie. Ohne ihn wäre sie völlig haltlos. Niemand kannte sie so gut wie er. Seit zwölf Jahren waren ihre Schicksale so eng verbunden, dass sie sich selbst nicht mehr ohne ihn denken konnte. Sie war kein Einzelnes mehr, sondern ein Teil des Ganzen, das sie beide bildeten.

Der Tag des Umzuges kam heran und lief ziemlich chaotisch ab. Erst jetzt, als sie von den Räumlichkeiten Besitz ergreifen wollten, stellten sie fest, dass das große Haus voll war. Es gab weder Platz für ihre Möbel noch für ihre sonstige Habe. Obwohl das Landhaus ihnen gehörte, empfing es sie nicht mit offenen Armen. Irgendwie schien es sich selbst zu genügen. Es war mit dem Duft von Sandelholz und Lavendel imprägniert, der die Nase der Besucher schon an der Schwelle begrüßte und davon in Kenntnis setzte, dass sie ein geschlossenes Territorium betraten. Das Haus döste mit halbgeschlossenen Augen in der Sonne, während es die Aktivitäten der Menschen in seinem Innern beobachtete. Es erinnert mich an Pascha, dachte Delphine, während sie versuchten, ihre Sachen wenigstens notdürftig unterzubringen, indem sie sie im Musikzimmer stapelten.

Jedes Mal, wenn sie in der Diele an dem großen Porträt vorbeiging, hatte Delphine den Eindruck, dass sie mit Interesse und Wohlwollen begutachtet wurde. Im Zimmer ihrer Tante hatte sie ein Foto von ihr gefunden, das im Garten aufgenommen worden war. Sie hatte in der Tat Ähnlichkeit mit der Frau auf dem Gemälde. Das gleiche warmherzige, aber zurückhaltende Lächeln, die gleichen fleischigen, schön geformten Lippen und mandelförmigen Augen im Schatten eines Strohhutes mit breiter Krempe.

Delphine hatte das Gefühl, einen Frevel zu begehen, wenn sie die Dinge, die Pauline ihr anvertraut hatte, berührte, ohne mehr von ihrem Leben zu wissen. Das machte das Einrichten etwas problematisch. Aber bevor sie wirklich von dem Haus Besitz ergriff, musste sie echte familiäre Bindungen zu ihrer Ahnin knüpfen. Sie hatte das Bedürfnis, ihren Alltag, ihre Freuden, ihre Nöte zu verstehen und herauszufinden, warum sie ihr diese Erbschaft hatte zukommen lassen.

Das Haus war nicht hilfreich. Die schweren provenzalischen Möbel aus dunklem Holz waren zwar randvoll gefüllt, aber nicht mit persönlichen Gegenständen, die die Geschichte der Verstorbenen erzählt hätten. Delphine fand nur wenige, bedeutungslose Dokumente. Sie rief Maître Beauregard an, um zu erfahren, ob er wichtige Papiere verwahrte, was dieser verneinte. Es gab nur die Besitzurkunden, Bankauszüge und Stromrechnungen.

Cyril fragte gelegentlich, ob jetzt wirklich der richtige Zeitpunkt sei, um sich mit Familienforschung zu befassen. Delphine wusste, dass er recht hatte, konnte es sich jedoch nicht verkneifen, weiterzumachen. Dieser plötzliche Glückstreffer in ihrem Leben machte sie sprachlos. Sie hatte das Bedürfnis, der Geschichte einen Sinn zu geben. Cyril dagegen, pragmatisch, wie er war, verwandelte einen der drei Räume in der ersten Etage in ein Arbeitszimmer. Er stellte seinen Rechner, seine Bücher und seine Ordner auf und verbrachte dort den größten Teil seiner Zeit, während Delphine weiterhin durch die Räume wanderte und nach Hinweisen suchte, die ihr helfen könnten zu verstehen, warum sie Eigentümerin einer so prächtigen Bleibe geworden war.

7

Auf der Straße wurde sie von den Leuten angestarrt. Beim Bäcker verstummten die Gespräche, sobald sie zur Tür hereinkam. Sie wurde höflich, aber nicht zuvorkommend bedient. In den Cafés drehte man sich nach ihr um. Wenn sie jemanden grüßte, dem sie schon einmal begegnet war, erhielt sie ein spärliches Lächeln als Erwiderung. Nur manche gingen so weit, einen Gruß zu murmeln, und sahen ihr in die Augen, als hofften sie zu erfahren, wie sie das wohl angestellt habe. Wer hatte das Gerücht in Umlauf gebracht, dass sie die glückliche Erbin war? Sie kannte hier niemanden, hatte sich niemandem offenbart, und trotzdem schienen es alle zu wissen.

»Eine schöne Hütte haben Sie da oben«, sagte eines Tages eine Boutiquebesitzerin beim Kassieren zu ihr.

»Woher wissen Sie, wo ich wohne?« Statt einer Antwort brach die Frau in Gelächter aus.

Als sie Cyril den Vorfall erzählte, zuckte er mit den Schultern.

»Ich hatte es dir vorausgesagt.«

Delphine beschloss, der Neugier und dem Neid der Einheimischen keine Beachtung zu schenken. Sie würden sich schon an sie gewöhnen. Man musste ihnen etwas Zeit lassen. Weiter nichts. Sie würde so tun, als wenn nichts wäre. Irgendwann würden sie schon einsehen, dass sie mit besten Absichten gekommen war und sich gern integrieren und Freunde gewinnen wollte.

Drei Wochen nach ihrem endgültigen Einzug brachte Pascha mit stolzgeschwellter Brust seine erste Spitzmaus an und war fortan ein echter Landkater. Eidechsen und Grillen wurden zu seinen Lieblingsbissen. Er knüpfte komplizierte Beziehungen zu den Katzen aus der Nachbarschaft, von denen manche seine Jagdgefährten wurden, während er andere mit ebenso wildem wie unerklärlichem Hass verfolgte. Er sträubte das Fell und fauchte jede Katze an, die es wagte, sich ohne Erlaubnis seinem Revier zu nähern. Manchmal kam er sogar mit einem eingerissenen Ohr oder anderen Verletzungen nach Hause. Verblüfft beobachtete Delphine die Metamorphose des Katers. Das zitternde Fellknäuel, das sanfte und possierliche Wesen aus der Pariser Wohnung hatte sich in ein Raubtier verwandelt.

Dabei wagte sich Pascha selten über die Grenzen seines Territoriums hinaus. Wenn Delphine einkaufen ging, begleitete er sie bis zum Tor und sprang auf die Mauer, um auf ihre Rückkehr zu lauern.

Trotz der misstrauischen Blicke, denen sie begegnete, war der Gang über den Markt eine von Delphines Lieblingsbeschäftigungen geworden. Während in Paris die Einkäufe eine lästige Pflicht gewesen waren, sahen die Waren hier so verlockend aus, dass sie am liebsten alles gekauft hätte. Der Geruch von Tomaten, Zucchini und Paprika konkurrierte mit dem von Melonen, Aprikosen und Nektarinen. Dicke rote Erdbeeren erfüllten die Luft mit ihrem Duft, ebenso wie die traditionellen Lavendelkissen. Jeder Salat, den Delphine hier kaufte, war ein Feuerwerk der Gaumenfreuden. Morgens ging Delphine gern zur Fischauktion. Jedes Fangschiff hatte am Hafen einen eigenen Stand, wo die Fischer gleich nach der Rückkehr ihren

Fang verkauften, der auf dem Eis noch zappelte. Die *Laissedire* war mit Taschenkrebsen zurückgekommen, die *Joséphine* hatte Miesmuscheln und Seeigel mitgebracht, in der Auslage der *Gallus* überwogen Meerbarben und Sardinen. Das Schwierigste war, sich zu entscheiden. Die frischgefangenen Fische, mit etwas Olivenöl im Backofen oder auf dem Grill gebraten, waren ein Hochgenuss. Ihr zartes Fleisch schmolz förmlich auf der Zunge. Mit einem guten Weißwein standen sie ganz oben auf der Liste ihrer Lieblingsspeisen.

Delphine fühlte sich wie ein Kind, das zum ersten Mal in das warme, türkisfarbene Meer eintaucht. Ihr Körper blühte auf, ihre Glieder lösten sich, als wäre sie aus einem langen Winterschlaf erwacht. Jeden Morgen, wenn sie barfuß die ersten Schritte auf der Terrasse und im Garten machte, dankte sie dem Himmel und Pauline Pastorelli. Sie liebte die Berührung dieses sandigen, mit trockenen Kiefernnadeln übersäten Bodens. Begierig atmete sie den Harzgeruch der Pinienzapfen ein. Sie stand auf, um dem Schauspiel der Natur beizuwohnen. Im Nachthemd, eine Decke um die Schultern gelegt, die heiße Kaffeetasse in der Hand, belauschte und betrachtete sie den Garten. Die noch zaghaften Strahlen der Morgensonne, die sich behutsam einen Weg durch die Vegetation bahnten, brachten alle Nuancen von Grün zur Geltung. Smaragd, Jade, Absinth, Minze, Waldmeister, Gras, Moos, Olive, Apfel, Pistazie und Linde mischten sich mit einer Dreistigkeit, wie nur die Natur es wagt, und erinnerten Delphine an ihre vor langem aufgegebene Farbpalette. Die Suche nach der exakten Bezeichnung für jede Farbnuance weckte ihre Lust, wieder zu malen. Das Ergebnis schien ihr plötzlich weniger wichtig als der Weg dorthin. Sie sehnte sich danach, sich vorzutasten, gewundene Pfade zu beschreiten, um zu versuchen, ein Licht, eine Empfindung, eine Wahrnehmung darzustellen, die es wert war, dass man im rasanten Strudel des Universums einen Moment innehielt. Hier, in diesem Garten, vor den Blicken der Welt geschützt, fühlte sie, wie sie zu sich fand. Das Urteil und die Kritik der anderen konnten ihr nichts anhaben. Nützlich war sie vielleicht nur für Pascha, wenn sie ihm sein tägliches Fressen gab, und für die Pflanzen, die sie in der Kühle des Abends goss, aber sie war vernarrt in das Leben. Diese Betrachtung ihres Mikrokosmos war keine Flucht; im Gegenteil, sie gab ihr die Kraft zurück, die Welt ohne Überdruss, ohne vorgefasste Ideen von neuem zu lieben. Angesichts der Veränderungen in ihrem Garten fand sie die Neugier ihrer Jugend wieder. Die Begeisterung, die sie erfasste, wenn sie kurz nach Tagesanbruch die ersten Sonnenstrahlen in ihrem Garten empfing, ließ Gefühle aufwallen, die tief in ihrem Innern vergraben gewesen waren. Hier beweinte sie ihre Mutter ein zweites Mal, als wäre sie erst gestern fortgegangen, als könne sie sich endlich den Luxus leisten, ihrem Kummer freien Lauf zu lassen, ohne Angst, von ihm überwältigt zu werden. In Gedanken führte sie ihre Mutter durch den Garten und zeigte ihr die entlegensten Ecken, was gar nicht nötig war, da sie ihre Anwesenheit an ihrer Seite spürte und wusste, dass sie seit geraumer Zeit alles mit ihr besichtigt hatte.

Sogar die existenziellen Fragen, die sie gequält hatten, die Zweifel über den Platz, den sie zwischen den Menschen einnehmen sollte, lösten sich in der Lieblichkeit der langen, trägen Vormittage auf, denen am Nachmittag die Erkundung der kleinen Stadt und ihrer Geheimnisse folgte. Sie durchstreifte die Gassen, las alle Tafeln, die an den Aufenthalt der deutschen Schriftsteller in Sanary erinnerten. Bald wusste sie, dass Thomas Mann ein Haus auf der Anhöhe von Portissol gemietet hatte, unweit von dem, das sie jetzt bewohnte. In der Buchhandlung im Stadtzentrum füllten die Werke der Exilautoren mehrere Regale. Vom Buchhändler erfuhr sie, dass Moise Kisling, ein enger Freund Modiglianis, einst jeden Sommer mit seiner Familie in seinem Haus oberhalb der Bucht von Bandol verbracht und sein Brot damit verdient hatte, die reichen Damen oder Aristokratinnen der Umgebung zu porträtieren. In der Buchhandlung zeugten Reproduktionen von Fotos und provenzalischen Landschaften, die der Pole gemalt hatte, von dieser Zeit.

Delphine, die seit jeher Anhängerin der École de Paris war, sah in diesem Zufall einen neuen Wink des Schicksals.

»Kisling war damals viel beliebter als sein Freund Modigliani und soll manchmal Gemälde von ihm signiert haben, damit er sie teurer verkaufen konnte. Zugegeben, das sind nur Gerüchte. Ich persönlich habe nie eins davon gesehen«, erzählte ihr der Buchhändler, Monsieur Chéreau, ein sympathischer Mann mit kaffeebrauner Haut und dunklen Augen, der nur wenige Jahre älter war als sie. Sein Aussehen fiel auf, denn in Sanary gab es weniger Menschen mit dunkler Hautfarbe als in Marseille, dem Schmelztiegel des Mittelmeeres.

»Und jetzt haben sich die Preise total umgekehrt. Ein Modigliani ist viel teurer als ein Kisling«, antwortete Delphine.

»Die Wechselfälle des Kunstmarktes. Bei den Schriftstellern ist es ähnlich. Feuchtwanger stand damals hoch im

Kurs, und heute liest ihn keiner mehr. Der arme René Schickele ist ebenfalls in Vergessenheit geraten, was ich persönlich viel ungerechter finde«, fügte Chéreau hinzu, ehe er anderen Kunden zu Hilfe eilte, die seinen Rat brauchten.

Delphine schwatzte gern mit dem Buchhändler, der alles über die Geschichte von Sanary zu wissen schien und die Literatur leidenschaftlich liebte. Er hatte einen sehr eklektischen Geschmack, kannte sich aber auch mit Kriminalliteratur aus, für die sie eine Vorliebe hatte. Der kleine Laden von César Chéreau wurde bald ein kostbarer Ankerplatz, zumal der Buchhändler keinen Unterschied zwischen Einheimischen und Touristen, Parisern, Amerikanern oder Provenzalen machte. Dieses demokratische Verhalten tröstete Delphine, die Beziehungen knüpfen und Arbeit suchen musste, wenn sie nicht über kurz oder lang verhungern wollte.

Voller Tatendrang saß sie stundenlang an ihrem Schreibtisch, um kleine Anzeigen und Flyer zu entwerfen, die elegant und humorvoll die Niederlassung einer erfahrenen Innenarchitektin in Sanary ankündigten. Sie ging von Tür zu Tür und legte ihre Werbung in den Geschäften aus, die es ihr erlaubten. In der Gewissheit, dass ihre Bemühungen binnen kurzem zum Ziel führen würden, unternahm sie das alles mit einer Seelenruhe wie nie zuvor. Abends, nach erfüllter Pflicht, machte sie noch einen Spaziergang am Strand und schaute zu, wie die Schatten sich in Riesen verwandelten. Und oft nahm sie noch ein Bad im Meer, das ihr das freudige Gefühl gab, dass ihr Körper gleichzeitig erwachte und sich entspannte. Jetzt schien es ihr fast selbstverständlich, schwanger zu werden. Ihr Glück war so vollkommen, dass sie kaum wahrnahm, wenn Cyril an manchen Tagen trotz dieser Traumkulisse gestresst wirkte und sich nicht genauso eifrig wie sie in das Leben in Sanary einfügte. Seine Arbeit erforderte manchmal, dass er einen Tag länger oder sogar übers Wochenende in Paris blieb, wenn er seinen Studenten Prüfungen abnahm. Ab und zu musste er auch zu einer Vernissage, einem Cocktail oder einem Essen gehen, und das brachte seinen Rhythmus durcheinander, aber insgesamt fand Delphine, dass er seine Zeit gut zwischen der Arbeit in Paris und ihrem Leben in Sanary aufteilen konnte. Zwischen Paris und Marseille lagen nur dreieinhalb Zugstunden, im Notfall war also die Hin- und Rückfahrt an einem Tag möglich. Delphine konnte diesen sensationellen Fortschritt in Telefongesprächen mit ihren Freundinnen gar nicht oft genug erwähnen.

»Warum kommst du nicht mal übers Wochenende?«, schlug sie Laureen vor, die sich aber vor Arbeit nicht retten konnte und viel zu müde für so eine Reise war.

»Im Urlaub mit größtem Vergnügen«, antwortete sie. »Aber ich weiß gar nicht, wann ich ihn in diesem Jahr nehmen soll. Außerdem habe ich weniger verdient als letztes Jahr und habe eigentlich kein Geld dafür.«

»Eben. Hier bei uns ist Kost und Logis frei.«

»Ja, ja, das wäre toll.« Ihre Stimme klang weniger überzeugt. Es schien Delphine, als sei sie in Gedanken Lichtjahre von Südfrankreich entfernt.

8

Das Haus von Pauline Pastorelli – Delphine widerstrebte es noch, es ihr eigenes zu nennen – hatte ein Eigenleben. Nach einer milden Nacht rekelte es sich in der Sonne wie eine Eidechse, bis seine Wände eine angenehme Wärme ausstrahlten. Aber die Dicke der Mauern sorgte im Innern trotzdem für eine beständige Kühle, die seine Bewohner bisweilen frösteln ließ, obwohl der Sommer mit Riesenschritten herannahte. In der Art, wie das Haus die Hitze abwehrte, erinnerte es Delphine an eine Kirche. Der Keller, den sie nur gelegentlich betraten, um sich eine Flasche Wein zu holen, brachte sich durch diese Kälte in Erinnerung, die von den Füßen an den Beinen hochkroch, bis die Bewohner an manchen Abenden Strümpfe anzogen und die Shorts durch eine lange Hose ersetzten. Außer ein paar alten Möbeln und einem Regal voll edler Weine verbarg der Keller nichts Interessantes. Nur Pascha schlich sich regelmäßig durch eine Luke hinein, um Mäuse zu jagen. Er konnte sich dort stundenlang aufhalten, den Apfelgeruch schnuppern, der seit dem Herbst dort schwebte, und auf die winzigen Bewegungen der Spinnen lauern.

Delphine stellte manchmal einen Stuhl, einen Hocker oder einen verblichenen Liegestuhl dort ab, aber sie begnügte sich zunächst damit, von den anderen Etagen Besitz zu ergreifen; es gab so viel zu tun und zu entdecken.

Nach einigen Wochen kannte sie die Bahn, die die

Sonne durch das Haus zog. Sie konnte anhand der unterschiedlichen Ecken, die durch die Strahlen erhellt wurden, die Uhrzeit bestimmen. Bald würde sie mit Blick auf ihren Einfallswinkel auch die Monate benennen. Wenn Cyril in Paris war, folgte sie manchmal dem Lauf der Sonne und wechselte ihren Leseplatz in Abhängigkeit vom Sonneneinfall. Vormittags fühlte sie sich am wohlsten auf dem orangen Sofa im Salon oder in der ersten Etage, wo ihr Bett von Licht überflutet wurde, während sie am Nachmittag die Küche, das Musikzimmer oder eins der Gästezimmer bevorzugte, die zur anderen Seite lagen.

In dieser ersten Zeit versuchte sie, niemals den Kontakt mit den Sonnenstrahlen zu verlieren, als müsse sie all ihre inneren Batterien komplett aufladen. An den Tagen, wo Cyril zu Hause war, verzichtete sie aus Angst vor seinem Spott darauf. Mit ihrer Begeisterung für das Licht und die Sonne unterschied sie sich von den Provenzalen, die ihre Fensterläden stets geschlossen hielten, um sich vor der brütenden Hitze zu schützen. Da sie niemals unter langen, bleiernen Wintern hatten leiden müssen, empfanden sie die Helligkeit als so selbstverständlich, dass sie ihr keine besondere Beachtung schenkten. Sie lebten in der absoluten Gewissheit des wolkenlosen Himmels und verhielten sich gegenüber diesem Reichtum so gleichgültig und überdrüssig wie ein Millionärskind, das sich manchmal schon fast nach Unannehmlichkeiten sehnt. Sie hatten niemals die Panik empfunden, von der alle Touristen und Besucher gepackt wurden, weshalb sie jede Stunde in der Wärme auskosten mussten. Dahinter verbarg sich nichts anderes als das Bewusstsein der menschlichen Endlichkeit. Sie kannten die innere Erregung nicht, die bei den Fremden übertriebene Reaktionen auslöste und sie – Ironie des Schicksals – daran hinderte, die Stunden kostbaren Glücks voll auszukosten. Es war vor allem die Sehnsucht in den Augen des Fremden, die dem Ortsansässigen den Stolz einflößte, über einen unermesslichen Schatz zu verfügen.

Aber Delphines Freude über das Licht des Südens hätte in jedem Überdrüssigen neue Glut entfachen können.

Cyril nahm die neuen Lebensumstände mit mehr Gelassenheit hin. Er bewegte sich in dem Haus so, wie er sich in der Pariser Wohnung bewegt hatte, und ging seinen Beschäftigungen nach, wie er es immer getan hatte. Seine witzigen Bemerkungen begleiteten sie durch den Alltag. So hatte er die Bäckerin »die Eule« getauft – wegen ihrer weit aufgerissenen Augen und der ruckartigen Kopfbewegung, die sie machte, wenn sie einen Kunden nach seinen Wünschen fragte.

Wenn der Briefträger auf dem Fahrrad mühsam den Hügel hochstrampelte, pfiff Cyril die Filmmusik von *Tatis Schützenfest* und flüsterte Delphine ins Ohr: »Rasant!«, wobei er das »R« rollte, was sie jedes Mal zum Lachen brachte. Er badete gern mit Delphine, wenn der Tag zur Neige ging – bevor sie auf der Terrasse ein Gläschen tranken –, aber sie spürte, dass er ebenso froh war, zu seinem Computer, seinen Büchern und den Arbeiten seiner Studenten zurückzukehren. Jetzt, wo er nicht mehr ständig im Rhythmus der Hauptstadt lebte, schien er sich noch mehr für die Kulturseiten von *Le Monde* zu interessieren. Delphine hatte den Eindruck, dass er jede Filmkritik und jeden Bericht über eine Vernissage verschlang. Wenn er aus Paris zurückkam, erzählte er ihr genauso begeistert von neuen Restaurants, Ausstellungen und Theaterstücken, die er gesehen hatte, wie sie ihm ihre Streifzüge durch das Hinterland, die Entdeckung alter Dokumente oder die spektakulären Sonnenuntergänge beschrieb, die er verpasst hatte.

Wenn sie zusammen waren, erkundeten sie die Dörfer der Umgebung, suchten kleine Buchten, die nur Eingeweihte kannten, und probierten neue provenzalische Gerichte.

Wenn der Mistral blies und das Haus knarren ließ, suchten sie im Salon Zuflucht und drehten den Fernseher laut, um das nervenaufreibende Jaulen des Windes zu übertönen. Pascha wartete dann mit angelegten Ohren in ihren Armen darauf, dass dieser Wind aufhörte, der pfiff und heulte, zerrte und schubste, bis er wie eine alte, verbitterte Hexe, der man den Respekt versagt, durch den Schornstein verschwand. Und das geschah letztendlich immer ebenso plötzlich, wie es begonnen hatte.

9

»Ich kann ja verstehen, dass du Skrupel hast, die Sachen deiner Tante zu schnell zu entfernen, aber das Ding da …«, sagte Cyril an einem Montagmorgen, bevor er den Zug nach Paris nahm, »das schaffst du uns vom Hals, okay?« Er zeigte auf die große Anrichte aus dunklem Holz, die im Salon die halbe Wand einnahm. »Mach damit, was du willst. Wirf sie weg, oder verkauf sie auf dem Flohmarkt. Ich helfe dir natürlich dabei, aber das Ding muss weg.«

Delphine nickte. Das Möbelstück war in der Tat ohne Charme, und sie hatten es immer noch nicht hinbekommen, ihre Sachen unterzubringen.

»Ich erkundige mich nach den Trödelmärkten in der Umgebung. Wir mieten einen Kleintransporter und verkaufen bei der Gelegenheit auch das Kaffeeservice, etwas Silberbesteck, die Stühle, die wir unten abgestellt haben, und zwei oder drei Lampen.«

Cyril lächelte dankbar und machte sich auf den Weg zum Bahnhof.

Delphine ging zur Touristeninformation, wo sie eine Liste mit den nächsten Flohmärkten bekam. Sie reservierte einen Stand für das Wochenende vierzehn Tage später in Ollioules. Den Rest des Tages verbrachte sie damit, alle überflüssigen Gegenstände in einer Ecke der Diele zu stapeln, wo bald ein ganzer Berg von Trödelkram entstand.

Als sie damit fertig war, verließ Delphine das Haus, ging in den Blumenladen und kaufte einen kleinen weißen Rosenstock und fuhr damit zum Friedhof. Der griesgrämige Wächter, der ihr murrend das Grab der Pastorellis zeigte, machte sie darauf aufmerksam, dass er um Punkt neunzehn Uhr die Tore schließen würde.

»Wissen Sie, wer die Beisetzung organisiert hat?«, fragte sie.

»Nein. Das ist nicht meine Aufgabe«, konterte der Wächter und betonte jede einzelne Silbe.

»Wessen Aufgabe ist es dann?«

»Ich weiß nicht. Sie könnten es ja mal bei der Friedhofsleitung versuchen.«

»Und wo finde ich die?«

»Sie müssen im Büro anrufen, während der Öffnungszeiten«, antwortete er und vertiefte sich wieder in sein Kreuzworträtsel.

Kreuze und weiße Engel warfen lange Schatten auf die Wege, feiner roter Staub flog durch die Luft. Die Platanen, die entlang der Friedhofsmauer standen, waren ganz damit bedeckt. Das Grab der Pastorellis lag an der hinteren Mauer. Es fiel durch seine Schlichtheit auf. Hier gab es weder Grabstein noch Fotos. Ein kleiner Buchsbaum im Topf und ein verwelkter Strauß schmückten die graue Steintafel, in die eingraviert stand: *Victor Pastorelli 1924–1975*. Die goldenen Buchstaben waren verwittert, sodass die Inschrift schwer lesbar war.

Er ist jung gestorben, dachte Delphine. Wahrscheinlich an einer Krankheit.

Darunter war Raum für Paulines Daten, aber die Gravur fehlte noch. Delphine stellte den Topf mit ihrem kleinen Rosenstock vor das Grab und sah sich nach Wasser und einer Gießkanne um. Am Wasserhahn musste sie ein paar Minuten warten; eine ganz in Schwarz gekleidete alte Frau füllte mehrere Gefäße. Von der Seite warf sie neugierige Blicke auf Delphine, aber das Rauschen des Wassers schloss jede Unterhaltung aus. Ehe sie mit ihrer dicken Flasche und dem Eimer davonging, wandte sie das faltige Gesicht ein letztes Mal der Fremden zu.

»Eine Bouvard?« Sie sprach mit starkem südlichen Akzent.

»Äh … ja. Wenn man so will. Eigentlich …« Delphine hatte keine Zeit, den Satz zu beenden.

»Na, so was«, murmelte die Alte im Weggehen. »Und obendrein Pariserin. Das kann ja heiter werden.«

Delphine seufzte entmutigt angesichts dieser ebenso absurden wie hartnäckigen Vorurteile, von denen sie zwar gehört hatte, die sie aber hier zum ersten Mal selbst trafen.

»Was soll's«, sagte Delphine laut in die Stille des menschenleeren Ortes, »ich werde schon klarkommen.« Sie füllte ihre Kanne und begoss sorgsam den Buchsbaum und den Rosenstock, dann ging sie zum Ausgang. Sie würde sich erkundigen, ob der Auftrag für die Gravur schon erteilt war, und sich anderenfalls selbst darum kümmern. Das war das wenigste, was sie für Pauline tun konnte.

»Das war mir klar«, knurrte der Pförtner, als sie durch das Tor ging. »Wegen Ihnen bin ich zu spät.«

Delphine schaute auf die Uhr. Es war drei Minuten nach sieben. Beinahe hätte sie ihn gefragt, ob er es morgens auch so genau nahm, aber sie hielt sich zurück. In ihrem Ärger fuhr sie etwas zu schnell an und wirbelte eine rote Staubwolke auf.

Sie machte den Fehler, ins Stadtzentrum zu fahren, dessen Straßen um diese Uhrzeit, wenn alle ihren Aperitif nahmen, völlig verstopft waren. Die Händler räumten die letzten Waren, Ständer und Tische ein, ehe sie, mit Nachbarn und Passanten schwatzend, ihre Türen abschlossen. Frauen in engen Röcken mit Blumen- oder Leopardenmotiv traten aufgedonnert und mit Schmuck behängt aus Häusern und Wohnblocks, um ihren täglichen Besuch einer der Terrassen am Hafen nicht zu versäumen. Die gebräunten Männer in Weiß oder Marineblau hatten für die abendliche Parade ihre Sportcoupés herausgeholt. Es wurde gehupt und gebrüllt. Die Wagen blieben mitten auf der Kreuzung stehen, damit die stolzen Besitzer ihre Cousins begrüßen konnten. Man musste die Nerven behalten. Delphine versuchte sich einen Weg durch dieses fröhliche Getümmel zu bahnen. Hier und da erkannte sie jemanden in der Menge. Monsieur Chéreau unterhielt sich kurz vor Ladenschluss mit einem letzten Kunden, die Angestellte des Tourismusbüros hatte sich bei ihrem Bräutigam untergehakt, und die Frau, die sie an ihrem ersten Tag in Sanary mit ihrer Familie im Café de la Marine beobachtet hatte, rannte ihrem Foxterrier hinterher. Vor dem Rathaus hingen noch die Plakate für die Kantonalwahlen. Delphine hatte gehört, dass der Front National im zweiten Wahlgang zweitstärkste Partei gewesen war. Der Kandidat, ein Mann mit weißen Haaren und gegerbter Haut, zeigte ein so breites Lächeln, dass selbst der scheußliche Schnurrbart, den ihm jemand mit schwarzem Filzstift gemalt hatte, seinen triumphierenden Glanz nicht trüben konnte.

Delphine runzelte die Stirn. Ihr war, als hätte sie das Gesicht irgendwo schon einmal gesehen.

Vor dem Turm, den Franz Werfel und seine Frau Alma bewohnt hatten, lauschte eine kleine Gruppe den Erklärungen eines älteren Mannes mit zerfurchtem Gesicht und runder Metallbrille, dessen zerzauste weiße Mähne wie eine merkwürdige Krone eine Tonsur umgab. Monsieur Balmain, pensionierter Beamter und Amateurhistoriker, verdiente sich etwas hinzu, indem er Touristen die verschlungenen Wege erklärte, die die deutschen Exilschriftsteller nach Sanary geführt hatten. Cyril hatte ihn den »Vergangenheitsapostel« getauft. Der Buchhändler César Chéreau hatte Delphine mehrere Male zu verstehen gegeben, dass er an der Authentizität all seiner Anekdoten und Informationen zweifle. Obwohl sich die beiden Literatur-Enthusiasten nicht leiden konnten, hatten sie Delphine beide mit einer Natürlichkeit akzeptiert, die den anderen Einheimischen absolut fehlte.

Als Monsieur Balmain Delphine in ihrem kleinen roten Auto erkannte, der Touristengruppe vorsichtig auswich, winkte er ihr zu, ehe er seine Erläuterungen fortsetzte. Delphine grüßte zurück und bog in die kleine Straße ein, die zu ihrem Haus führte.

Plötzlich stieß ihr der Widerspruch zwischen dem erschreckenden Wahlergebnis des Front National in der Gemeinde und den antifaschistischen Künstlern auf, mit denen sich die Stadtverwaltung von Sanary schmückte und denen sie sogar einen Rundgang widmete. Niemand sonst schien sich daran zu stören.

Sie hätte gerne mit Cyril darüber gesprochen. Da er in Paris war, wählte sie seine Nummer, erreichte aber nur die Mailbox. Sie legte seufzend auf, machte sich an die Vorbereitung ihres Abendessens und sah dabei die Fernsehnachrichten.

Als sie gerade ins Bett schlüpfte, fiel ihr plötzlich ein, wo sie das Gesicht des Front-National-Abgeordneten schon einmal gesehen hatte. Im Café de la Marine. Er war einen

Moment am Nachbartisch stehen geblieben und hatte sich mit der Besitzerin des Foxterriers unterhalten. Sie erinnerte sich an seine Baritonstimme mit ausgeprägtem okzitanischen Akzent und an seine dichte Haarpracht, die für einen Mann seines Alters erstaunlich war. Sie hatte ihn nur ein einziges Mal gesehen, aber sie war sich ganz sicher. Sie wählte noch einmal Cyrils Nummer, aber er antwortete immer noch nicht.

10

Am Tag des Trödelmarktes baute sie um neun Uhr morgens ihren Stand auf dem großen Platz von Ollioules auf. Cyril half ihr dabei, wünschte ihr dann viel Glück und ging nach Hause, um Hausarbeiten zu korrigieren. Auf ihrem klapprigen Campingstuhl beobachtete Delphine unauffällig die Aussteller um sich herum. Die professionellen Trödler, die im Morgengrauen gekommen waren, um ordentlich abzusahnen, waren höflich, aber zurückhaltend, pusteten in ihre dampfenden Kaffeebecher und warteten auf die Kunden. Der Briefmarkenhändler am Stand gegenüber war nicht gesprächiger. Er blickte kaum von der Sammlung auf, die er gerade sortierte, als Delphine ihn begrüßte.

Die Keramikverkäuferin mit ihrem langen Rüschenrock und einem orangefarbenen Tuch in den Haaren wirkte viel offener. Nach einem Blick auf die rustikalen Töpferwaren entschied Delphine allerdings, dass sie keine Begeisterung heucheln konnte. Folglich begnügte sie sich damit, ihr dann und wann ein höfliches Lächeln zuzuwerfen. Um halb zehn zogen die ersten Bummler an den Ständen entlang. Mehrere Besucher begutachteten die Gegenstände, die vor Delphine ausgebreitet waren, und bedankten sich mit dem gleichen Lächeln, das sie ihrer Nachbarin geschenkt hatte, aber niemand kaufte etwas. Sie begann sich zu fragen, warum sie sich den Sonnabend damit verdarb, an einen klapprigen Stuhl gefesselt zuzusehen, wie die Leute ihr Angebot verachteten, da kam eine elegante alte Dame direkt auf sie zu. Das Gehen schien ihr Schmerzen zu bereiten, was sie zu überspielen versuchte.

»Ich glaube, ich kenne diese Anrichte«, sagte sie und wies mit dem Zeigefinger auf das breite Möbelstück, das auf einer Plane stand, damit es nicht schmutzig wurde.

»Tatsächlich?« Delphine, die nicht an die Möglichkeit gedacht hatte, dass jemand die Sachen von Pauline Pastorelli erkennen könnte, wurde verlegen.

Aber die alte Dame beruhigte sie sofort.

»Ich finde es richtig, sie zu verkaufen. Sie war schon immer zu wuchtig. Ich mag Möbel nicht, die einem das Gefühl geben, bedeutungslos zu sein.«

Delphine lächelte.

»Da haben Sie recht. – Dann kannten Sie meine Tante also?«

»Pauline Pastorelli war Ihre Tante?«

»Eine Cousine meiner Mutter.«

Die Dame nickte; ihre Augen waren unter einer breiten Sonnenbrille und einem aprikosenfarbenen Strohhut verborgen.

»Große Familien haben ihre Vorzüge.«

Delphine wusste nicht, wie sie diesen Satz verstehen sollte.

»Ich freue mich, jemandem zu begegnen, der Pauline Pastorelli gekannt hat. Erzählen Sie mir doch etwas mehr über sie. Natürlich nur, wenn Sie Lust dazu haben …«, stammelte sie, als ihr ihre Unhöflichkeit bewusst wurde.

»Warum nicht?«, sagte die alte Dame freundlich. »Rufen Sie mich morgen früh vor elf an.« Delphine schrieb rasch den Namen und die Nummer auf.

»Und schaffen Sie sich dieses Ungeheuer vom Hals«, riet ihr Simone Léandri im Weggehen.

Das Ungeheuer wurde sie nicht los. Delphine musste Cyril anrufen, damit er ihr half, das Riesenmöbel einzupacken.

Cyril meckerte pausenlos.

»So ein Mist! Als ob wir nichts anderes zu tun hätten! Und wie viel hast du insgesamt verdient?«

»Hundertfünfzehn Euro.«

»Bravo! Das hat sich gelohnt!«, sagte er ironisch, während er sich auf die Straße konzentrierte. »Du solltest das alles entsorgen, und Schluss.«

»Wir waren uns doch einig wegen des Trödelmarkts.«

»Wenigstens habe nicht ich meine Zeit hier vergeudet.«

»Dafür habe ich aber eine interessante Bekanntschaft gemacht.«

»Umso besser.« Er war so schlechter Laune, dass Delphine nicht einmal zu fragen wagte, was der Grund dafür war.

Sie deponierten den Schrank und die anderen nicht verkauften Dinge im Gartenhäuschen. So würden sie wenigstens nicht mehr den Salon vollstellen.

»Du solltest das besser gleich wegwerfen«, wiederholte Cyril. »Das Zeug, das man in den Keller oder die Garage packt, vergisst man, und letztendlich landet es doch irgendwann im Sperrmüll. Diesen Aufwand könntest du dir sparen.«

»Seit wann beschäftigt dich meine Zeitplanung?«

»Seitdem ich zusehen muss, wie du auf der Stelle trittst«, versetzte er und wandte sich seinem Computer zu.

Am nächsten Tag griff Delphine zum Telefon, um die alte Dame anzurufen. Das siebente Läuten ging ins Leere. Simone Léandri schien keinen Anrufbeantworter zu haben. Delphine legte auf. Sie würde es später wieder versuchen.

Die harte Diskussion mit Cyril am Tag zuvor ließ ihr

keine Ruhe. Sie hatte nicht das Gefühl gehabt zu faulenzen, aber tatsächlich hatte sie seit ewigen Zeiten nicht mehr gearbeitet. Ihre kleine Werbekampagne hatte keine Früchte getragen. Das Telefon blieb stumm, sogar die Anrufe der Pariser Freunde waren seltener geworden. Sie war auf dem besten Weg, in Vergessenheit zu geraten. Cyril hat recht, dachte sie. Ich muss mich aufraffen. Sie wollte ihn gerade um Ratschläge für eine professionelle Website bitten, aber er war schon wieder auf dem Absprung.

»Zum Glück sind bald Ferien!«, sagte sie und umarmte ihn zärtlich. Er lächelte geistesabwesend und nickte.

»Bis Donnerstag.«

Die Tür schlug hinter ihm zu. Delphine hörte das kleine Auto starten, das sie für seine vielen Wege zum und vom Bahnhof gekauft hatten. Sie seufzte und wählte erneut die Nummer von Simone Léandri, um auf andere Gedanken zu kommen. Dieses Mal war sie sofort am Apparat.

»Ah, die Erbin!«, rief sie, nachdem Delphine sich gemeldet hatte.

»Ich störe hoffentlich nicht?«, fragte Delphine verlegen.

»Ach nein, überhaupt nicht. Wollen Sie gleich vorbeikommen?«

Der Vorschlag kam überraschend, trotzdem nahm sie ihn sofort an. Es war das erste Mal, dass eine Einheimische ihr die Tür öffnete. Vielleicht würde sie endlich Beziehungen knüpfen, die tiefer gingen als die Höflichkeitsfloskeln, auf die sich ihre Begegnungen bis dahin beschränkt hatten.

»Perfekt, ich erwarte Sie.«

11

Delphine fand das Eckhaus, das zwei kleine Sträßchen überblickte, ohne Mühe. Im Erdgeschoss befand sich ein adrettes Geschäft für provenzalische Produkte. Das enge Treppenhaus duftete nach Lavendel und parfümierter Seife. In der obersten Etage entdeckte Delphine den Namen auf einem kleinen Messingschild. Simone Léandri, mit tadellos frisiertem weißem Haar, glänzenden Lippen und zart gepudertem hellhäutigem Gesicht, hielt Delphine ihre Wange hin. Um sie zu küssen, musste sich Delphine bücken, denn das zarte Persönchen war höchstens einen Meter sechzig groß.

»Hereinspaziert, hereinspaziert! Sie waren aber schnell!«

Durch die Regale voller Bücher und Krimskrams, die die edle, aber vergilbte Tapete größtenteils verdeckten, war der lange Flur recht finster. Umso überraschter war sie von der geradezu blendenden Helligkeit beim Betreten des Salons. Ein breiter Balkon, der über die ganze Länge des Eckzimmers ging, ließ es noch größer wirken.

»Nehmen Sie Platz!« Simone Léandri wies auf ein rotes Sofa, über das eine Steppdecke geworfen war.

»Sie haben eine schöne Wohnung«, sagte Delphine. »Aber ist es nicht ein bisschen viel, jeden Tag drei Stockwerke zu erklimmen?«

»Für eine Alte wie mich, meinen Sie«, sagte Simone Léandri und setzte sich in einen großen Samtsessel, dessen Kopfstütze mit einem Spitzendeckchen verziert war.

»Für eine Dame eines gewissen Alters.«

»Das ist die höfliche Umschreibung für eine Alte. Ich kenne mein Wörterbuch.«

Sie lachte amüsiert, stand wieder auf und verließ für einige Minuten den Raum. Als sie zurückkam, stellte sie ein Tablett mit einer Karaffe, zwei Gläsern aus Kristall und einigen Häppchen behutsam auf den niedrigen Tisch.

»Bedienen Sie sich«, forderte sie Delphine auf.

Delphine gehorchte.

»Was ist das?«

»Sie werden sehen.«

Delphine schnupperte an der sämigen, goldenen Flüssigkeit, ehe sie vorsichtig einen Schluck nahm.

»Was sagen Sie?« Die Stimme der alten Dame klang drängend, als erwartete sie zum ersten Mal ein Urteil über ihren sirupartigen Trunk.

»Sehr gut.« Delphine nickte heftig.

»Nusswein, meine Schwiegertochter hat ihn selbst gemacht.«

»Ach, wirklich? Er ist köstlich«, sagte Delphine und nahm sich vor aufzupassen, sonst würde sie im Nu betrunken sein.

»Ehrlich gesagt ist es das Einzige, was sie wirklich kann. Nach meiner Meinung – die nicht viel zählt, das gebe ich zu.«

Wieder brach sie in ihr klangvolles und ansteckendes Lachen aus. Delphine schaute sie erstaunt an. Ihre elegante und klassische Erscheinung stand im kompletten Widerspruch zu ihrem subversiven Geist.

»Mögen Sie sie nicht?«

»Ich kann nicht viel mit ihr anfangen. Aber ich muss zugeben, dass sie etwas Bemerkenswertes zustande gebracht hat: meinen Enkel. Er ist Arzt in La Ciotat. Ein toller Junge. Na also, mehr wäre wohl zu viel verlangt.«

»Ja … das heißt, ich weiß nicht«, stammelte Delphine verlegen.

»Wie sollten Sie es auch wissen!«, rief die Alte. »Sie kennen sie ja gar nicht.«

Sie nahm einen kräftigen Schluck von ihrem Nusswein und seufzte genüsslich, bevor sie weitersprach:

»So. Nun erzählen Sie mir, wie Sie hierhergekommen sind! Sie kommen mir vor … wie soll ich das ausdrücken, wie ausgesetzt. Ja, so ungefähr.«

Sie schaute Delphine in die Augen, als wollte sie ihre Gedanken lesen. Wenngleich diese Einschätzung sie ein bisschen kränkte, fasste Delphine ihre Geschichte in wenigen Worten zusammen.

»Ihre Tante, so werden wir sie nennen, wurde trotz ihrer, ich würde sagen, geradezu krankhaften Zurückhaltung in Sanary sehr geschätzt.«

»Sie haben sie also gut gekannt?«

Delphine nippte vorsichtig an ihrem Glas.

»Nein, das versuche ich Ihnen gerade zu erklären. Niemand kannte sie gut. Sie tauchte selten in der Stadt auf, nur zum Einkaufen oder wenn sie zur Messe ging. Sie war immer nett und höflich, ich habe nie erlebt, dass sie laut wurde. Das ist hier, wo alle vor Temperament überschäumen, eher selten.«

Sie begleitete diese Äußerung mit einem Lächeln, das Delphine erwiderte.

»Zum ersten Mal habe ich Pauline Pastorelli Anfang der sechziger Jahre gesehen. Sie war ungefähr dreißig und hatte kurz zuvor geheiratet. Zu der Zeit hatte ihr Mann gerade das Haus gekauft, das Sie nun geerbt haben. Er hatte ein florierendes Bauunternehmen in La Seyne.«

»Und sie?«

»War seine Gattin.«

»Das ist kein Beruf.«

»Von da ab war das ihr Beruf. Damals war das ganz normal. Ich habe übrigens den Eindruck, das kommt wieder. Die Frauen finden einen Mann, und hopp, hören sie auf zu arbeiten. Es ist ein viel bequemeres Leben.«

»Aber nicht sehr bereichernd.«

»Das hängt von der Geldmenge ab, die der liebe Mann nach Hause bringt. Ein Swimmingpool, Massage und Luxusreisen scheinen mir bereichender, als putzen zu gehen, um sein Brot zu verdienen.«

Sie stieß wieder ihr spontanes Lachen aus. Delphine kam sich dumm vor. Dennoch hatte sie das Bedürfnis, für die weibliche Autonomie zu plädieren, wie es ihr ihre Mutter, ihr Vater, die ganze Welt von Kindheit an eingeschärft hatten. Da kam ihr die Schublade in den Sinn, die Cyril regelmäßig mit Fünfzigeuroscheinen gefüllt hatte. Wie stand es mit ihrer eigenen Autonomie? Verdankte sie ihre gegenwärtige Unabhängigkeit nicht eher Pauline Pastorelli als den Früchten ihrer Arbeit?

»Wie dem auch sei«, fuhr die alte Dame angesichts der zweifelnden Miene ihrer Gesprächspartnerin fort. »Pastorelli verdiente jedenfalls genug Geld für zwei.«

»Aber vorher?«, bohrte Delphine. »Sie muss doch einen Beruf gehabt haben, bevor sie ihn kennenlernte.«

»Ich weiß es nicht. Da kannte ich sie nicht. Das Paar lebte in Sanary auf großem Fuß. Einladungen, Partys, Ausflüge. Pastorelli war mit allen bedeutenden Leuten befreundet. Bedienen Sie sich!«, legte ihr Madame Léandri nahe und goss sich selbst noch einen ordentlichen Schluck ein.

»Lief sein Unternehmen deshalb so gut?«

Sie zuckte mit den Schultern.

»Hier läuft nichts ohne Beziehungen. Vor allem im Geschäft. Das haben Sie vielleicht schon gemerkt.«

Delphine pflichtete ihr bei, bevor sie ihr Verhör fortsetzte.

»Und Sie? Darf ich fragen, was Sie seinerzeit gemacht haben?«

»Ich arbeitete im Rathaus. Ich war damals noch ganz jung.«

»Und waren Sie oft bei den Pastorellis zu Gast?«

»Ich? Von Zeit zu Zeit. Im Kielwasser von Leuten, die bedeutender waren und mehr Einfluss hatten.«

Delphine hörte in ihren Worten eine leise Kränkung. Sie nahm einen Schluck Wein und ließ ihn langsam durch die Kehle rinnen.

»So ging es eine gewisse Zeit, etwa zwanzig Jahre lang, würde ich sagen«, erzählte Simone Léandri weiter. »Bis Pastorelli eines Abends, genauer eines Nachts allein aufs Meer hinausfuhr und niemals wiederkam.«

Delphine verschluckte sich.

»Wie denn das?«

»Verschollen. Sein Boot fand man wieder, ihn nicht. Nicht die geringste Spur von seinem Körper. Es war allerdings auch eine Nacht mit starkem Seegang. Schlechtes Wetter für Seeleute. Von dem Tag an hat Ihre Tante allein in ihrem Haus gelebt. Sie trug ein ganzes Jahr lang Trauer. Die Leute sagten, sie sei vom Kummer überwältigt gewesen, aber in der Öffentlichkeit hat sie sich nie etwas anmerken lassen. Immer freundlich, immer distanziert.«

»Und warum hatten sie keine Kinder?«

»Man erzählte sich, sie könne keine bekommen.«

Delphine wurde blass, sie dachte an ihre eigenen vergeblichen Versuche, schwanger zu werden.

»Aber im Grunde weiß niemand etwas darüber«, schloss Madame Léandri und wandte sich harmloseren Themen zu.

Delphine hörte sich ihre Empfehlungen, tagsüber einen Hut zu tragen, um die Haut zu schützen, und Pflanzen nur morgens und abends, niemals mitten am Tag zu gießen, mit halbem Ohr an. Ihr wurde bewusst, dass sie wirklich wenig über ihre Tante wusste. In zehn Minuten hatte sie mehr erfahren als in den letzten Monaten. Natürlich hatte ihre Mutter ihr erzählt, dass Pauline verheiratet gewesen war, aber sie selbst war dem Ehemann nie begegnet. Hatte Pauline darunter gelitten, dass sie nur Pastorellis Ehefrau war und sonst keinen Beruf hatte? Wollte sie Delphines Unabhängigkeit absichern, indem sie ihr ein so großes Vermögen vermachte? Wahrscheinlich hatte sie gewusst, dass Delphines Vater sich wenig um seine Tochter kümmerte, denn diese Vernachlässigung hatte ihre Mutter zur Weißglut gebracht, und sie hatte sich darüber bei jedem beklagt, der es hören wollte. Wollte Pauline Delphine aus weiblicher Solidarität helfen? Das war ein mögliches Motiv.

Simone Léandri war von der Schweigsamkeit ihrer Besucherin keineswegs gekränkt. Sie aß ein paar Aperitifhäppchen und trat für ein paar Minuten auf den Balkon.

Dann setzte sie sich wieder und erklärte Delphine, wenn sie sich in dem kleinen Badeort integrieren wolle, müsse sie an den Ereignissen teilnehmen, die von der Gemeinde organisiert wurden: Benefizveranstaltungen, Dorffeste, Tombolas und sämtliche kulturellen Anlässe. Die Premieren des Stadttheaters waren eine Gelegenheit, bei der man sich um jeden Preis zeigen sollte, und hatten die Messe als Treffpunkt abgelöst. Das galt natürlich nicht für die großen religiösen Festtage. Niemand konnte sich erlauben, die Messe zu Weihnachten, Ostern oder Pfingsten zu versäumen. Außerdem, erklärte ihr Simone, trafen sich die Honoratiorengattinnen im Fitnessstudio.

»Wenn Sie Arbeit wollen, werden Sie sie finden, indem Sie Ihre Pobacken kräftigen. Das ist doch praktisch.«

Die Sonne hatte aufgehört zu brennen. Delphine schlenderte auf dem Heimweg an den Cafés im Hafen entlang, ohne dass sich, von zwei alternden Gecken abgesehen, jemand für sie interessierte. Es war die Zeit des Aperitifs, zu der die kleine Stadt, wie gewohnt, vor Leben sprudelte. Delphine kam es wie eine Strafe vor, ausgeschlossen zu sein. Das Schauspiel der fröhlichen Gesellschaft wiederholte sich jeden Abend, und wer seinen Platz nicht fand, war zu Einsamkeit verurteilt. Die Anziehungskraft, die ein beliebiger Körper hier auf einen anderen ausübte, ihn schön und die fadeste Frisur modern erscheinen ließ, erklärte so manche vorteilhafte Heirat. Bevor man zu zweit in einem sorgsam hergerichteten Bett landete, begann das Spektakel hier, auf der Promenade, unter den aufmerksamen Blicken der anderen Teilnehmer des Reigens. Man musste den bösen Zungen trotzen, Intrigen und Rückschläge vereiteln, ehe man sich im Tête-à-Tête in einem Zimmer wiederfand, eingeschüchtert von dieser merkwürdigen, ungewohnten Einsamkeit der zwei Körper. Die Erinnerung an die gespielte Unzüchtigkeit auf der großen

Bühne am Hafen machte die Protagonisten verlegen, wenn sie die so oft angedeuteten und den Zuschauern suggerierten Gesten nun tatsächlich ausführen sollten. Und am nächsten Tag würden diejenigen, die verdrängt worden waren, egal ob Freund oder Feind, detaillierte Rechenschaft verlangen; sie verkrochen sich im Dunkeln, die Intimität war nur Schein, bis zu dem Tag, wo diese kleine Welt sich nicht mehr für die beiden interessieren, sondern anderen zuwenden würde. Das Paar war geschaffen; jetzt musste man dazu stehen. Es konnte sich auflösen und sich woanders neu formieren, ein Mal, vielleicht auch zwei, während der kurzen Zeitspanne, da die Mädchen Schmetterlinge, Königinnen der Nacht waren. In den Augen der Betrachter trennte nur ein kleiner Zwischenraum die Schillernde von der Schlampe. Einmal erobert, klammerte sich die Verführerin an den, der im Bett rauchte und ein bisschen nach Fußschweiß roch, was sie vorher nicht bemerkt hatte, fortan ihr Mann, und um nicht sofort in Vergessenheit zu geraten, brauchte man schnell ein anderes spektakuläres Ereignis, eine Hochzeit, dann ein Kind, um das Publikum bei der Stange zu halten.

»Sag mir, dass du mich für immer liebst!«

Dann musste er ja sagen, damit sie das Kleid und den ganzen Klimbim bestellen konnte. Maman würde sie eine Freude machen, die kleinen Schwestern würden sich ermutigt fühlen bei der Vorbereitung für die Vorstellung, die sie selbst ein paar Jahre später auf derselben Bühne geben würden.

Das alles spielte sich allabendlich am Hafen ab, zu dieser unvergleichlichen Stunde des Aperitifs, wenn die ganze Stadt herauskam, man sich unter die Menge mischte, in der man Zuschauer und Darsteller zugleich war. Nur Delphine und ein paar Touristen auf der Durchreise, die das Alter der potenziellen Beute überschritten hatten, mussten sich mit einer Statistenrolle begnügen.

Hatte der Nusswein ihren Blick geschärft, oder waren es die Worte von Simone Léandri? Delphine begriff plötzlich, dass sie keine Wahl hatte. Entweder beteiligte sie sich am Leben der Gemeinde – und wenn sie mit den anderen Damen würde stricken müssen –, oder sie kehrte nach Paris zurück. Sonst würden diese Leute sie niemals akzeptieren. Zu glauben, sie könne in Sanary leben, wie sie in Paris gelebt hatte, war eine Illusion.

12

Daran sollte es nicht liegen. Am nächsten Morgen meldete sie sich im Fitnessstudio an, holte sich einen Bibliotheksausweis und kaufte zwei Karten für die aktuelle Vorstellung im Stadttheater. Sie nahm einen Teil der Sachen, die sie auf dem Trödelmarkt nicht verkauft hatte, und brachte sie in die Kirche für den nächsten Wohltätigkeitsbasar zugunsten einer neuen Kinderkrippe. Sie versprach auch, für den Basar Kuchen zu backen, die sie zusammen mit einer anderen Dame verkaufen würde.

Erschöpft von all diesen Eingliederungsbemühungen machte sie sich gegen halb zwölf auf den Weg nach Hause und ging noch kurz zum Bäcker, um eine *Fougasse* zu kaufen. Hier grüßte die Eule sie wie gewohnt mit einer Mischung aus geschäftiger Beflissenheit und argwöhnischer Zurückhaltung. Als sie wieder auf die Straße trat, stand sie plötzlich vor Monsieur Balmain, der zwischen zwei Touristenführungen sein Mittagessen einkaufen wollte.

»Guten Tag, verehrte gnädige Frau!«, trompetete der Vergangenheitsapostel. »Ist es nicht herrlich heute? Das perfekte Wetter für einen Spaziergang.«

Delphine hielt die Bemerkung zurück, dass nahezu jeden Tag perfektes Wetter war für einen Bummel.

»Sie sollten sich einmal einer Touristengruppe anschließen, dann erzähle ich Ihnen alles über die illustren Flüchtlinge, die unsere schöne Stadt beherbergt hat. Sie werden staunen, was sich in Sanary alles ereignet hat.«

»Das glaube ich Ihnen gern«, antwortete sie lächelnd.

»O ja, ich weiß, Sanary sieht aus wie ein schöner Badeort, außerhalb der Saison ziemlich ausgestorben, aber das stimmt ganz und gar nicht. Höchst kulturelle Ereignisse haben sich hier zugetragen.«

Delphine fragte sich, was ein höchst kulturelles Ereignis von einem kulturellen Ereignis schlechthin unterscheiden mochte, hielt ihren Kommentar aber zurück.

»Nehmen Sie zum Beispiel Franz Hessel. Um einen beliebigen Schriftsteller herauszugreifen – das heißt nicht so ganz beliebig, denn er gehört zu meinen Favoriten. Kennen Sie seine Schriften?«

»Nein, bedaure.«

»Das sollten Sie aber! Jetzt, wo Sie eine echte Wahl-Sanaryenne geworden sind. *Jules und Jim*, sagt Ihnen das etwas?«

»Meinen Sie den Film?«

»Nun, das war er.«

»Wie, das war er?«

Sie war jetzt völlig verwirrt und wünschte sich nur noch eins: nach Hause zu gehen und einen Happen zu essen. Aber Monsieur Balmain sah das nicht so.

»Jules, das war er. Sein Freund Henri-Pierre Roché hat ihre Dreiecksgeschichte aufgeschrieben. Und er ist hier gestorben. Auf dem Friedhof da oben begraben. Leider existiert sein Grab nicht mehr. Verstehen Sie das?«

Delphine wusste nicht, ob sie mit Ja oder Nein antworten sollte, und begnügte sich deshalb mit einem halben Nicken.

»Eine außergewöhnliche Persönlichkeit. Diskret, liebenswürdig, kultiviert, mit einem unfehlbaren Sinn für Humor. Sein Schicksal war überaus tragisch. Er war jüdischer Herkunft, entstammte einer gebildeten und wohlhabenden deutschen Familie.«

Die Künstler, die am Hafen ihre Bilder verkauften, packten gerade ihre Sachen ein. Damit war die Essenszeit eingeläutet.

»Er liebte Frankreich. Er hatte übrigens vor dem Ersten Weltkrieg lange in Paris gelebt. Es war seine Wahlheimat. Er hat sogar zusammen mit seinem Freund Walter Benjamin Proust übersetzt – nur dass Sie sich ein Bild machen können ...«

Delphine war inzwischen trotz des Hungers, der ihren Magen knurren ließ, neugierig geworden. Sie brach von der noch warmen *Fougasse*, die sie in der Hand hielt, ein Stück ab und steckte es so unauffällig wie möglich in den Mund. Monsieur Balmain schien es nicht zu bemerken.

»Und trotzdem wurde er zwischen 1939 und 1940 zusammen mit Max Ernst, Hans Bellmer, Walter Hasenclever, Lion Feuchtwanger und vielen anderen als feindliche Ausländer im Lager von Les Milles, bei Aix-en-Provence, interniert.«

Delphine kam nicht einmal dazu, Monsieur Balmain darauf hinzuweisen, dass sie den Weg versperrten und die Fußgänger zwangen, den Bürgersteig zu verlassen. Er war so sehr in seine Erzählung vertieft, dass er es nicht bemerkte. Delphine sah, wie der Besitzer des Café de la Marine schmunzelnd zu ihnen schaute. Die meisten Bewohner der Stadt waren schon dieser glühenden Leidenschaft des Fremdenführers zum Opfer gefallen.

»Sein Sohn, Stéphane Hessel, der rechtzeitig eingebürgert worden war, hat an der Seite von de Gaulle gekämpft, sein zweiter Sohn Ulrich, Deutscher wie er, war mit ihm in Gefangenschaft. Franz Hessel starb mit sechzig Jahren infolge der Entbehrungen im Lager.« Er beendete seinen Bericht mit dem Ausruf: »Was für ein dramatisches Leben!«

»Sie sprechen über ihn, als wäre er jemand aus Ihrer Familie«, bemerkte Delphine und wandte sich ein bisschen ab, um ihm zu entkommen. Monsieur Balmain holte sie sofort ein.

»Oh, Sie haben recht. Da ich mich seit so vielen Jahren für ihre Lebenswege interessiere, habe ich das Gefühl, sie gehören alle zu meiner Familie. Nehmen Sie zum Beispiel Lion Feuchtwanger …«

Eine Stimme erklang hinter Delphines Rücken.

»Der ein Idiot war.«

Erstaunt drehte sie sich um und erkannte das grinsende Gesicht von César Chéreau.

Monsieur Balmain wurde wütend.

»Ich weiß nicht, wie Sie so etwas sagen können … Das ist unerhört!«

»Weil das die historische Wahrheit ist, das wissen Sie so gut wie ich.«

»Absurd!«

Der Buchhändler wandte sich an Delphine.

»Sybille Bedford war in meiner Buchhandlung, zu einer Signierstunde für ihr Buch *Rückkehr nach Sanary.* Darin erzählt sie – halten Sie sich fest –, dass Lion Feuchtwanger einmal in vollem Ernst behauptet hat, es gebe nur zwei wichtige Gegenwartsautoren auf der ganzen Welt: Sinclair Lewis und ihn selbst.«

Delphine schmunzelte. Monsieur Balmain verdrehte die Augen, aber César Chéreau ließ sich nicht aus der Fassung bringen.

»Erstaunt erwiderte die junge Sybille Bedford, dass der

größte Schriftsteller der ersten Hälfte des zwanzigsten Jahrhunderts ohne jeden Zweifel Marcel Proust sei. Das schien ihr eine klare Tatsache zu sein. Daraufhin konterte Lion Feuchtwanger gekränkt, wenn er sich auch nur einen Moment als weniger guten Schriftsteller als Proust betrachten müsste, würde er sich auf der Stelle umbringen.«

Delphine prustete vor Lachen.

»Ich brauche Ihnen nicht zu sagen, dass er noch eine ganze Weile gelebt hat«, fügte der Buchhändler hinzu.

»Sie könnte die Geschichte auch erfunden haben«, wandte Balmain ein.

»Ich glaube, so etwas erfindet man nicht«, kam Delphine César Chéreau zur Hilfe.

»Der bringt es fertig, sonst was zu erfinden.« Ein anklagender Finger richtete sich auf das Gesicht des Buchhändlers. Jetzt zitterte der Alte vor Empörung.

»Ich gebe nur die Tatsachen wieder. Die Gedenktafel zum Beispiel, haben Sie sie gesehen?«

Delphine nickte. Sie hatte vorübergehend ihren Hunger vergessen.

»Zunächst einmal hat das Rathaus von Sanary ihren Platz ein- oder zweimal gewechselt.«

»Zunächst einmal war ich es, der sie dem Rathaus überhaupt vorgeschlagen hat«, rief der Fremdenführer.

»Mag sein. Aber inzwischen ist sie gegen eine andere, ausführlichere ausgewechselt worden. Anfangs standen sechsunddreißig Namen drauf, jetzt sind es achtundsechzig. Die Zahl der emigrierten Künstler hat sich natürlich nicht geändert, aber um die Bedeutung des Phänomens zu steigern und damit die Kassen der Gemeinde zu füllen, haben sie die Namen aller Gattinnen und Geliebten hinzugefügt, dazu noch einige unbekannte Berühmtheiten, die, so denken sie, in der Masse untergehen. Zum Beispiel Lola Humm-Sernau, von der niemand je gehört hat. Oder stimmt das etwa nicht?«

»Wenn Sie sich mit dem Thema so gut auskennen würden, wie Sie behaupten, wüssten Sie, dass sie eine Freundin von Feuchtwanger und von Rudolf Leonhard war.«

»Auf die alle pfeifen. Friede ihrer Seele!«

Obwohl Delphine ein gewisses Mitleid mit dem armen Amateurhistoriker empfand, spürte sie, wie ein unbändiges Lachbedürfnis sie überkam. Sie holte ein Taschentuch aus ihrem Beutel und tat so, als würde sie sich schnäuzen, um ihr Lachen zu tarnen.

»Ich kenne die ganze Geschichte sehr gut.«

»Falsch! Total falsch!«, schrie Balmain, rot vor Wut.

»Das gibt mir das Recht, laut zu sagen, was alle im Stillen denken«, setzte Chéreau unbeirrt fort. »Nehmen wir die Fotos der deutschen Künstler, die mit einer Übersicht ihrer Werke an den Häusern angebracht sind, in denen sie lebten.«

Delphine nickte.

»Haben Sie das von Erich Klossowski und Hilde Stieler gesehen?«

»Nein, ich glaube nicht.«

»Schade, es ist sehr witzig. Sie sieht darauf aus wie eine Transe.«

»Jetzt gehen Sie zu weit, Monsieur Chéreau.« Balmain trat zwei Schritte zurück und richtete den Finger erneut auf den belustigten Buchhändler.

»Ich hätte Lust, Sie zu verklagen.«

»Ich habe nicht behauptet, dass Hilde Stieler eine war, aber das Foto ist wirklich sehr zweideutig.«

Basile Balmain hörte den letzten Satz nicht mehr; die

Schöße seiner zerknitterten Jacke flatterten im Wind, als er mit großen, entschlossenen Schritten den Platz vor dem Hôtel de la Tour überquerte und leise Drohungen ausstieß.

»Kommen Sie mit! Urteilen Sie selbst! Es ist nicht weit«, schlug der Provokateur vor und nahm Delphine am Arm.

»Vielleicht ein anderes Mal«, antwortete sie und befreite sich sanft aus seinem Griff.

13

Heißhungrig verschlang Delphine ihr langersehntes Mittagessen, schaltete dann ihren Computer ein und suchte im Netz nach Informationen über den Tod von Victor Pastorelli. Wenn jemand auf dem Meer verschollen war, selbst vor mehr als dreißig Jahren, war das außergewöhnlich genug, um Spuren zu hinterlassen, aber der Ertrag war mager. Der Vorfall wurde zwar auf einer Seite erwähnt, die die Gefahren des Mittelmeers aufzählte, doch es gab keinen eigenen Artikel darüber. Sie fand nur Dokumente, in denen Pastorelli zu den Wohltätern von Sanary gezählt wurde, und andere, worin sein Unternehmen als beispielhaft für seine Epoche aufgeführt war. Daraufhin entschloss sie sich, noch mal loszugehen, um die Buchhandlung aufzusuchen.

»Ah, da sind Sie ja wieder. Die Neugier treibt Sie wohl hierher. Soll ich Ihnen das Foto von Hilde Stieler jetzt zeigen?«

»Nein. Aber ich wollte fragen, ob Sie vom Verschwinden Victor Pastorellis gehört haben.«

»Ich muss damals ungefähr zehn gewesen sein und lebte noch mit meinen Eltern auf La Réunion«, antwortete er lachend. »Aber ich habe davon gehört. Wenn Sie mehr erfahren wollen, gehen Sie ins Gemeindearchiv. Da finden Sie alle Zeitungen der Region.«

»Papa, gibst du mir zwanzig Euro?«, hörte sie hinter sich eine Stimme. Delphine drehte sich um und sah einen hochgewachsenen Jugendlichen mit grünen Augen und karamellfarbiger Haut, heller als die seines Vaters. Sie trat zur Seite.

»Wofür?«, fragte der Buchhändler, aber das war nur pro forma, denn die Registrierkasse klingelte im selben Moment.

»Kino.«

»Einverstanden, aber danach kommst du gleich nach Hause. Du musst noch für die Mathearbeit lernen. Und eigentlich solltest du begriffen haben, dass man ein Gespräch nicht unterbricht.«

Der junge Mann schnappte sich den Schein, murmelte irgendetwas und rannte hinaus.

»Entschuldigen Sie«, sagte César zu Delphine. »Vor fünf Jahren war er noch ein reizender und höflicher Junge. Er ist immer noch reizend, versucht aber mit allen Mitteln, es zu verstecken, und in letzter Zeit lässt die Höflichkeit ein wenig zu wünschen übrig. Alle sagen, das ginge vorbei. Ich frage mich nur, nach wie vielen Jahrzehnten.«

Delphine lächelte.

»Worüber sprachen wir gerade?«, fragte der Buchhändler und überwachte gleichzeitig ein Touristenpaar, das etwa zehn englischsprachige Reiseführer aus dem Regal gezogen hatte.

»Über das Archiv. Ich wusste nicht, dass Sie hier eins haben!«

»Doch, doch, es gibt nicht nur in Paris Archive. Sonnenbaden ist nicht unsere einzige Beschäftigung. Meine sowieso nicht. Das habe ich nicht nötig.« Er grinste und wies dabei auf seine braune Haut.

»Das wollte ich damit auch nicht sagen«, antwortete sie, gereizt.

»Aber fast.« Jetzt lachte er wirklich. »Nicht schlimm, machen Sie sich keine Gedanken«, fügte er hinzu, als er ihren verstimmten Ausdruck wahrnahm. »Gehen Sie hin. Vielleicht erfahren Sie dort mehr über Ihre Familie. Und dann erzählen Sie es mir. Ich finde es lustig, wie Sie eine neue Familie entdecken, im Alter von … jedenfalls in Ihrem Alter.«

»Neununddreißig.«

»Ja eben, das ist witzig.«

Ohne Übergang wandte er sich den Briten zu und fragte sie in flüssigem Englisch mit starkem französischen Akzent, womit er ihnen behilflich sein könnte. Delphine war leicht genervt, als sie aus dem Laden kam. Diese Art, sich über jeden lustig zu machen, war manchmal wirklich anstrengend. César Chéreau glaubte wohl, über den Dingen zu stehen und schon sämtliche Lösungen gefunden zu haben, während seine armen Mitmenschen sich mit ihren Problemen herumschlugen. Delphine kam sich beobachtet vor wie ein Goldfisch im Glas.

Es war zu spät, um ins Archiv zu gehen. So begnügte sie sich damit, ein paar Besorgungen zu machen und ein herrliches Bad im Meer zu nehmen. Sie ging den kleinen Pfad zum Strand hinunter, der zu dieser Zeit fast menschenleer war. Beim Eintauchen in das türkisfarbene Wasser spürte sie von neuem den Zauber des Meeres, und ihre Verstimmung verflog sofort.

An diesem Abend blieb sie nicht lange am Strand, weil sie Cyril, der vor Einbruch der Nacht ankommen würde, mit einem schönen Abendessen überraschen wollte. Sie hatte ein Rezept für Fischfilet mit Anis und Fenchel gefunden, das sie ausprobieren wollte. Sie konnte es kaum abwarten, ihm beim Essen zu erzählen, was sie erlebt hatte. Zum Glück waren bald Ferien, dann würden sie endlich wieder richtig zusammenleben. Sie würden baden, sich lieben, die Gegend entdecken. Und vielleicht würde sich dann auch das ersehnte Kind ankündigen. Das wäre das größte Glück.

Nachdem sie sich die Schürze umgebunden hatte, öffnete sie eine Flasche weißen Bandol und füllte ein zartes Kristallglas, das sie in der Anrichte im Salon gefunden hatte. Der kalte Wein ließ es sofort beschlagen, und als sie das Glas an ihre Lippen führte, hinterließen ihre Finger deutliche Abdrücke. Sie hatte sich nicht geirrt. Ein feiner, geschmeidiger Geschmack. Sie nahm einen zweiten Schluck und behielt ihn ein paar Sekunden im Mund. Sie schmeckte Blumen, Früchte und eine diskrete Anisnote, die perfekt mit dem Gericht harmonieren würde, das sie zubereiten wollte.

Sie holte die Zutaten aus dem Kühlschrank und las noch einmal aufmerksam das Rezept, um keinen Fehler zu machen.

Sahne und Sternanis köchelten im Topf und verbreiteten einen angenehmen Duft. Delphine öffnete summend das Fenster. Pascha, der den ganzen Nachmittag gejagt hatte, nutzte die Gelegenheit, um auf das Fensterbrett zu springen und ins Haus zu kommen. Er rieb seinen Kopf an Delphines Beinen, bevor er sich seinem Fressnapf zuwandte.

Kurz bevor die Sahne aufkochte, drehte sie das Feuer aus und deckte sie zu, um sie während der weiteren Vorbereitungen ziehen zu lassen.

Sie schnitt die Fenchelknollen klein und legte sie auf einen Teller, dann machte sie mit den Schalotten weiter.

Seit sie in Paulines Haus lebte, hatte sie ihre Freude am Kochen wiedergewonnen. In der Pariser Küche hatte sie nicht ausreichend Platz gehabt, aber hier, mit dem großen Tisch in der Mitte, der Spüle aus Sandstein und dem Gasherd mit sechs Flammen wurde die Zubereitung der Mahlzeiten für sie zu einem besonderen Vergnügen. Sie hielt sich nicht immer mit aufwendigen Gerichten auf, aber an diesem Abend freute sie sich auf Cyrils vergnügte Miene, wenn er von so verlockenden Düften empfangen wurde.

Sie holte sogar Stoffservietten heraus, die sie sorgsam faltete, und deckte den Tisch mit den Tellern mit Olivenzweigen.

Als sich der Schlüssel im Schloss drehte, war sie mit allem fertig.

»Hallo!!!«, rief sie und holte die Flasche aus dem Kühlschrank, um Cyril ein Willkommensglas einzugießen.

Er antwortete nicht. Delphine hörte, wie er in der Diele seine Tasche abstellte und die Post nahm, die sie immer auf der Konsole sammelte, damit er sie bei der Heimkehr gleich fand.

»Guten Abend!«

Mit dem Öffnen eines Briefes beschäftigt, trat er in die Küche. Geistesabwesend küsste er sie auf die Wange, ging zur Spüle und trank gierig Wasser aus dem Hahn. Ohne den gedeckten Tisch zu beachten oder den Duft des Essens zu würdigen, der das ganze Haus erfüllte, trocknete er sich den Mund mit einem Geschirrtuch ab und überflog den Brief.

So hatte sich Delphine ihr Wiedersehen nicht vorgestellt, aber wahrscheinlich musste er erst einmal abschalten. Sie reichte ihm seinen Wein.

»Prost.«

Er hob kurz das Glas, aber sein Blick richtete sich sofort wieder auf den Brief.

»Na gut«, sagte Delphine. »Wir essen jetzt!«

Cyril setzte sich. Delphine holte die mit Aniscreme überzogenen Wolfsbarschfilets und verteilte sie auf die Teller.

»Nett von dir, dass du gekocht hast«, sagte er, schien aber nicht sonderlich erfreut. »Guten Appetit!«

»Hast du in Paris Ärger gehabt?«, fragte Delphine nach ein paar Sekunden.

»Nein … doch«, antwortete er zögernd. »Weißt du, wenn man arbeitet, hat man meistens irgendwelche Probleme.«

Als ob sie so lange nicht mehr gearbeitet hätte, dass sie sich nicht mehr daran erinnerte, wie sich das anfühlte! Ihr lag eine gereizte Antwort auf der Zunge, aber sie hielt sich zurück. Sie wollte nicht in der ersten gemeinsamen Viertelstunde streiten.

Sie aßen schweigend. Cyril verschlang seinen Wolfsbarsch in Windeseile.

»Schmeckt nicht übel. Fenchel ist zwar nicht mein Fall, aber ich muss zugeben, dass er gut dazu passt.«

Delphine bemühte sich noch weiter, entspannt zu bleiben, was immer schwieriger wurde.

»Würdest du mir noch ein Glas einschenken?«, fragte sie. Cyril war wirklich nicht gut drauf; sonst vergaß er niemals, ihr Wein nachzufüllen, wenn ihr Glas leer war.

»Ja, natürlich.«

Die Flasche streifte das Kristall und ließ es klingen. Delphine führte es an ihre Lippen.

»Ich muss dir etwas sagen«, setzte Cyril an.

Delphine erstarrte in höchster Alarmbereitschaft. Diese Ankündigung leitete seit Urzeiten schlechte Nachrichten ein.

»Ich weiß nicht, wie ich es dir erklären soll«, fuhr Cyril fort. Er suchte nach Worten. »Ich habe dieses neue Leben versucht, habe mir eingeredet, dass es geht, dass ich mich einleben würde, aber ich muss feststellen, dass ich damit gescheitert bin.«

Ein Hund bellte in der Ferne. Ein anderer antwortete, und sie begannen einen wilden Hundedialog.

»Wir sind gerade mal zwei Monate hier. Es ist viel zu früh, um darüber zu urteilen. Für einen so einschneidenden Wechsel braucht man viel mehr Zeit.«

»Mag sein, aber ich kann es nicht.« Er starrte auf seine Serviette, als hätte sie ihm etwas Wichtiges zu sagen.

»Was heißt das, du kannst nicht?«

»Ich kann nicht hier bleiben. Ich bin für dieses Leben nicht geschaffen. Ich bin kein großer Fan von Meeresfreuden. Und außerdem ist mir langweilig. Ich fühle mich nur in Paris wohl.«

Die Worte wogen schwer. Sie versperrten den Raum, wie ihre Möbel in den ersten Wochen. Jedes Wort war ein voller Koffer.

»Du willst nach Paris zurück?« Delphine hatte Mühe, ihn zu verstehen.

»Ja.«

Ein voller Koffer zum Mitnehmen.

»Wir werden doch nicht so schnell wieder in die entgegengesetzte Richtung umziehen. Das wäre idiotisch.«

Sie stand auf. Sie musste sich bewegen.

»Du hast noch nicht einmal Gelegenheit gehabt, eine längere Zeit am Stück hierzubleiben! In zehn Tagen sind

Ferien, dann kannst du endlich ausspannen und das Leben hier genießen. Ich weiß, dass das alles für dich eine Umwälzung bedeutet, aber gib dir wenigstens die Chance, deine Entscheidung zu überdenken. Wenn du danach feststellst, dass es für dich wirklich unmöglich ist, können wir immer noch über einen Umzug in die andere Richtung nachdenken. Was soll's. Gehen wir halt zurück. Dann haben wir ein schönes Abenteuer erlebt. Wenn du willst, gehen wir zurück.«

Er schaute intensiv auf seinen Teller, wo die Soße anfing zu erstarren. Er zündete sich eine Zigarette an, ein Impuls, der in den letzten Jahren selten geworden war. Dann versetzte er ihr den letzten Schlag.

»Nein, Delphine. Ich gehe allein nach Paris zurück.«

Ein Nachtvogel stimmte genau in diesem Moment seinen Gesang an. Daran würde Delphine sich später immer erinnern.

»Ich verstehe dich nicht.«

Sie würde sich auch an Pascha erinnern, der ruhig auf einem Stuhl lag und sie regelmäßig blinzelnd anstarrte. Ohne jedes seherische Vermögen, nichts als ein dummes, dickes Haustier! Er kapierte gar nichts, während sein Frauchen im Begriff war, das Ausmaß der Katastrophe zu erfassen. Sie sah nicht nur die nächsten Minuten voraus, sondern die Monate, die Jahre, die folgen würden, noch bevor er die letzten Worte ausgesprochen hatte.

»Ich habe jemanden kennengelernt. Eine Frau, die an ihrer Freiheit hängt, die sich glücklich fühlt, wie sie ist. Ohne Kinder, ohne Verpflichtungen anderen gegenüber. Die Paris liebt. Die … Es tut mir leid.«

Delphine klammerte sich an die Tischplatte, um nicht zu fallen. Der Boden der Küche war nicht mehr da.

14

Eine Flut der Stille schwemmte die ersten Stunden des Tages fort. Vom Weinen verquollen taumelte sie durch das Haus. Der Badezimmerspiegel zeigte ihr kurz ein undefinierbares Etwas, das einst ihr Gesicht gewesen war. Ihre Augen waren hinter zwei rosa Fleischwülsten verschwunden, die ihr Blickfeld einschränkten und entsetzlich juckten. Mund und Nase waren auf doppelte Größe angeschwollen. Was sie da anstarrte, hatte kaum noch menschliche Züge. Delphine spritzte sich Wasser ins Gesicht. Sie trocknete sich ab und floh weit weg von jeder spiegelnden Fläche. Ihr einziger Trost bestand darin, sich nicht länger ansehen zu müssen.

Sie irrte durchs Haus, außerstande, sich anzuziehen, die kleinste sinnvolle Bewegung auszuführen, die zu einer zweiten Bewegung und in der Folge zu so etwas wie einer Handlung geführt hätte. Kein Ort schien ihr annehmbar. Das Schlafzimmer war unerträglich, der Salon noch schlimmer, der Garten eine Qual. Am Ende ging sie die Treppe wieder hoch und kehrte in ihr Bett zurück, fand aber keinen Schlaf. Ihre Gedanken versuchten, sich einen Weg durch die Watte zu bahnen, die ihr Gehirn ersetzt hatte, aber es gelang ihnen nicht. Es tat weh, so weh. Sie wollte nur, dass es aufhörte. Wo war ein Ausweg? Sollte sie den Kopf gegen die Wand schlagen oder sich die Haut mit einer Zigarette verbrennen, um äußerlich mehr als innerlich zu leiden? Etwas in ihr erinnerte sich, dass das unsinnig war. Ihre Mutter hätte es nicht gern gesehen, wenn sie mit dem Kopf gegen die Wand schlüge. Daran konnte sie sich gerade noch erinnern. Ihre Mutter war tot, mit ihr konnte sie nicht mehr diskutieren, also durfte sie nicht so roh sein. Sie konnte nichts machen. Sie musste diese Ohnmacht ertragen. Cyril war gegangen. Das Unvorstellbare hatte sich auf die banalste Art der Welt ereignet. Sie konnte nichts machen. Es war nichts zu machen. Sie musste diese Vernichtung aushalten. Niemand mehr sein. Da war die Wand, da, ganz nah, die Versuchung der weißen Wand. Die sie mit aller Macht anzog. Sie dachte nicht an die Flucht ihrer Liebe; sie war auf diesen Dialog mit der Wand reduziert. Sie würde ihrem Ruf nachgeben. Sie würde noch zwei Minuten widerstehen. Dann würde sie nachgeben. Nach diesen zwei Minuten gewährte sie sich noch zwei Minuten. Dann zwei weitere. Danach würde diese Wand mit Blut verschmiert sein, und sie könnte vielleicht ohnmächtig werden. Sie wollte gerade nachgeben, stand dann aber doch auf, taumelte die Treppe hinunter und in die Küche, um sich einen Kaffee zu machen. Um sie herum war noch das Schlachtfeld vom Vorabend. Hässliche Fischreste, die sogar Pascha verachtet hatte, trockneten auf den Tellern. Ein Glas war umgekippt. Mit einer Handbewegung schob sie die Relikte der gestrigen Szene beiseite, um eine Ecke des Tisches frei zu machen, und trank ihren Kaffee in kleinen Schlucken. Das war das Einzige, was sie tun konnte: die Tasse an den Mund führen und vor sich hin starren. Aber die Wand hatte sich entfernt.

Drei Tage lang schleppte sie ihren Körper von Zimmer zu Zimmer. Nachts hatte sie Angst. Das große Haus hatte unergründliche Tiefen, es war nicht dafür gemacht, allein darin zu leben. Nie zuvor war Delphine aufgefallen, wie laut es nachts stöhnte, knarrte und klapperte. So viele Schattenzonen und Luftströme. Wenn sie tagsüber an Paulines Porträt vorbeikam, schaute es sie argwöhnisch an. Eines Abends, nachdem sie eine halbe Flasche Cognac getrunken hatte, stellte sie sich vor das Bild und beschimpfte es: »Das ist alles deine Schuld!«, brüllte sie. »Du bringst nur Unheil! Alte Hexe! Ohne dich und diese verdammte Hütte wäre er noch da. Ich hatte einen Liebsten, einen wunderbaren Mann, einen Vater für meine Kinder, jetzt habe ich nur noch einen Haufen Steine.«

Die Frau auf dem Bild zeigte das gleiche verschmitzte Lächeln wie immer. Ihre lebhaften Augen sahen zu, wie Delphine tobte und schließlich der Szene ein Ende machte, indem sie ihr den Cognac ins Gesicht goss, bevor sie erneut zusammenbrach.

Am späten Nachmittag des vierten Tages war das Trockenfutter alle. Pascha sah seinen leeren Napf, rieb sich an Delphines Bein und mauzte.

»Friss was anderes«, sagte Delphine zu ihm. »Geh auf Jagd.«

Sie öffnete die Tür, aber Pascha rührte sich nicht. Er mauzte noch lauter.

»Ich kann nichts dafür.«

Delphine machte eine Thunfischbüchse auf, kippte deren Inhalt in den Napf und verließ die Küche. Der Kater schnupperte am Thunfisch und folgte ihr. Er mauzte.

»Du wirst dich daran gewöhnen.«

Aber er gewöhnte sich nicht daran. Er folgte ihr auf Schritt und Tritt. Er hatte noch nie etwas anderes als Trockenfutter und Heuschrecken gefressen. Er fraß nicht einmal die Feldmäuse, die er tötete. Er legte sie vor ihre Tür.

Sie waren sein Geschenk für sein Frauchen, seine Trophäen, seine Daseinsberechtigung. Er war ein nützlicher Kater. Ein Kater, der Feldmäuse jagte, erfüllte seine Pflicht und verdiente es, gefüttert zu werden. Mit Trockenfutter.

Nach einer Stunde gab Delphine auf und erinnerte sich daran, dass man gegen einen Kater nie gewinnen kann. Sie duschte, zog sich an, ging hinaus und kaufte Trockenfutter.

15

Ich möchte das Atelier meines Großvaters herrichten lassen«, erklärte Monsieur Bosc Delphine, die Punkt neun Uhr an der Tür der riesigen Villa mit privatem Meereszugang geklingelt hatte. Der Besitzer dieser umwerfenden Residenz bewegte sich mit der Entspanntheit eines Menschen, der nichts mehr beweisen muss. Trotz der außerordentlichen Geschicklichkeit, mit der man vorgegangen war, waren einige diskrete Anzeichen des Kampfes gegen die Zeit zu erkennen. Delphine hätte geschworen, dass sein graumeliertes Haar teilweise getönt war, um den Charme des reifen Mannes zu betonen und zugleich das Schreckgespenst des Alters fernzuhalten. Die Gesichtszüge waren wahrscheinlich durch ein leichtes Lifting geglättet und die Taschen unter den Augen reduziert worden. Einer der zahllosen Räume seiner Villa war sicher dem Sport vorbehalten – um die leichte Korpulenz durch regelmäßige Übungen in Grenzen zu halten.

Monsieur Bosc war es gewohnt, direkt auf sein Ziel zuzugehen. Ohne sie auch nur hereinzubitten, wies er ihr sofort den Weg zu dem Ort, der ihn interessierte. Sie beschritten gemeinsam einen gewundenen Pfad, der durch einen gepflegten Garten zu einem kleineren Häuschen führte, das einst das Atelier eines Künstlers beherbergt hatte.

»Zu seiner Zeit war er ziemlich erfolgreich«, erklärte er Delphine, während er den Schlüssel in einer Tür aus kunstvoll geschnitztem Holz drehte, die sich knarrend öffnete. Der Pavillon hatte offensichtlich seit Jahrzehnten als Abstellraum gedient. Möbel und sperrige Gegenstände waren in der Mitte des großen Zimmers aufeinandergestapelt. Der Haufen erinnerte Delphine an ihr Musikzimmer, das sie noch immer nicht freigeräumt hatte.

»Kümmern Sie sich nicht um diese Unordnung. Wir haben schon angefangen, Dinge wegzuwerfen, aber es bleibt noch viel zu tun. Machen Sie sich keine Sorgen. Bald ist alles leer geräumt.«

Die Wände waren dunkel, die Bodenfliesen zum Teil zerbrochen, aber der Raum hatte eine schöne lichte Höhe und offene Dachbalken. Delphine war ganz aus dem Häuschen. Noch nie hatte sich ihr so eine Gelegenheit geboten, ihr Talent zu beweisen. Sie war sicher, dass sie einen außergewöhnlichen Ort daraus machen konnte. Nachdem sie sich das Dach und den Zustand der Mauern genauer angesehen hatte, legte sie Monsieur Bosc ihre Einschätzung dar:

»Das Dachwerk scheint auf den ersten Blick in Ordnung, man muss es sicher instand setzen, aber das ist keine große Sache, und das Haus ist nicht feucht. Die größten Posten wären Heizung und Sanitärbereich. Es hängt selbstverständlich ganz davon ab, was Sie sich wünschen.«

»Ich werde das Atelier meinem Enkel zur Verfügung stellen«, erklärte Monsieur Bosc. »Er hat gerade sein Studium beendet und will sich hier in der Gegend niederlassen. Madame Léandri hat mir von Ihnen erzählt. Haben Sie Ihren Lebenslauf und Referenzen mitgebracht, damit ich einen Blick darauf werfen kann? Ich bin es nicht gewohnt, einer Unbekannten eine Arbeit anzuvertrauen. Allerdings war Simone voll des Lobes für Sie, und sie kennt meine Ansprüche.«

Delphine nickte und dankte im Geiste der alten Dame. Sie reichte Monsieur Bosc ihr Portfolio. Am Vortag hatte sie so viele Unterlagen wie möglich zusammengetragen, um ihre früheren Arbeiten zu belegen.

»Ich werde das alles studieren«, sagte Monsieur Bosc in neutralem Ton. »Wenn Sie Fotos machen, einen Plan zeichnen, Skizzen machen wollen, nur zu. Sie finden mich im Haus.«

Er reichte ihr die Schlüssel und entfernte sich in Richtung Haupthaus.

Im Laufe des Vormittags untersuchte Delphine das Atelier von allen Seiten. Gegen Mittag brachte sie Monsieur Bosc die Schlüssel zurück.

»An welchen Stil hatten Sie für die Inneneinrichtung gedacht?«

»Ich würde gerne den Geist der dreißiger Jahre bewahren. Ich habe einige Möbel aus jener Zeit gerettet.«

Er zeigte ihr eine schlichte Konsole aus lackiertem Holz, einen Spiegel und einen Tisch mit vier Stühlen. Delphine machte Fotos.

»Ich könnte Ihnen bis Ende der Woche einen Vorschlag unterbreiten«, schlug sie vor.

»Perfekt«, sagte Monsieur Bosc und verabschiedete sie mit einer Handbewegung. Mit der anderen Hand griff er nach seinem klingelnden Telefon und meldete sich, als hätte er seine Besucherin schon vergessen.

Auf der Straße holte Delphine tief Luft. Sie war im Begriff, ihren ersten Auftrag in Sanary zu bekommen und endlich unter guten Bedingungen ihren Beruf auszuüben. Vielleicht kam sie nach so vielen Jahren ans Ziel. Ein Glücksgefühl durchflutete sie und trieb ihr die Hitze ins Gesicht. Schon als Kind war sie knallrot geworden, wenn sie aufgeregt war. Aber jetzt machte sie sich nichts daraus. Ohne nachzudenken, holte sie ihr Telefon aus der Tasche und wollte Cyril anrufen, wie sie es seit dreizehn Jahren tat, wenn eine Nachricht es wert war, sofort erzählt zu werden. Dann besann sie sich und steckte das Telefon wieder in die Tasche. Sie hatte für den Bruchteil einer Sekunde vergessen, dass sie ihre Freude nie wieder mit dem Mann teilen würde, den sie liebte.

Als sie nach Hause kam, war ihr Gesicht abermals von Tränen entstellt, aber plötzlich merkte sie, wie hungrig sie war. Sie machte sich einen Teller Nudeln und verschlang sie auf der Terrasse. Die Grillen begleiteten ihre einsame Mahlzeit mit dem gewohnten Konzert, das eher laut als wohltönend war. Trotz des dumpfen Kummers tat ihr diese Mahlzeit gut. Sie beschloss sogar, eine Flasche Rotwein aufzumachen und sich ein Gläschen zu genehmigen.

Am frühen Nachmittag wurde sie plötzlich schrecklich müde. Der Wein und die schlaflosen Nächte seit der Trennung von Cyril lasteten plötzlich auf ihren Augenlidern. Anstatt mit den Recherchen für ihren neuen Auftrag zu beginnen, legte sie sich aufs Bett und schlief vier Stunden am Stück.

Als sie um halb sieben vom Quaken der Kröten, die triumphierend einen willkommenen Regen ankündigten, aus dem Schlaf gerissen wurde, fühlte sie sich völlig zerschlagen. Sie schaute einen Moment zur Decke und fragte sich, ob sie aufstehen sollte. Sie hatte Lust, ein Schlafmittel zu nehmen und gleich bis zum Morgen durchzuschlafen. Nichts und niemand wartete auf sie. Warum sollte sie – mit dem Fernseher als Geräuschkulisse, um sich nicht allzu einsam zu fühlen – einmal mehr durch die Räume irren und bei jedem Knarren zusammenzucken? Das hatte alles keinen Sinn mehr. Cyril hatte nicht ein Mal angerufen, um zu fragen, wie es ihr ging. Weder Angélique noch Martin hatten sich gemeldet. Vielleicht wussten sie nicht Bescheid. Selbst von Laureen hatte sie nichts gehört. Niemand vermisste sie. Pascha sprang aufs Bett, mauzte und legte seinen Kopf an ihr Gesicht. Gerührt streichelte sie den Kater. Simone Léandri fiel ihr ein, die sich für sie eingesetzt hatte. Ohne sie wirklich zu kennen, riskierte sie ihren Ruf, indem sie sie Monsieur Bosc wärmstens empfahl. Schon aus Respekt für die alte Dame musste sie sich anstrengen. Sie stand auf, wusch sich das Gesicht und schminkte sich, so gut es ging. Dann packte sie ihre Sportsachen in eine Tasche, dazu ein Handtuch und den Badeanzug. Sie ging zum ersten Mal in das Fitnessstudio, in dem sie sich angemeldet hatte. Das würde sie wenigstens auf andere Gedanken bringen. Und wenn es auf dem Rückweg nicht zu stark regnete, würde sie baden. Als sie aus dem Haus ging, fiel ein feiner Nieselregen. Sie setzte die Kapuze ihrer Sportjacke auf und ging den Hügel hinunter.

Auf dem Kirchplatz begegnete ihr eine neue Touristengruppe im Gefolge von Monsieur Balmain, der seinen letzten Tagesrundgang begann. Ah, der Vergangenheitsapostel, dem entgeht man nicht, dachte sie automatisch. Sie bemühte sich, diesen Gedanken sofort zu verscheuchen, denn er erinnerte sie an Cyril und seinen unwiederbringlichen Blick auf die Welt.

»Links sehen Sie das Hôtel de la Tour, das schon in den dreißiger Jahren eine Institution war.«

Von nun an musste sie ihre eigenen Bezeichnungen finden, wie eine Art Gegengift, sie musste das kleine Universum, das sie umgab, umtaufen.

»Klaus Mann, der Sohn von Thomas Mann, der durch seinen Roman *Mephisto* berühmt wurde, hat mehrmals dort gewohnt. Und er war nicht der Einzige …«

Delphine grüßte den Stadtführer mit einem Lächeln und ging eilig vorbei, ehe er Zeit fand, sie anzusprechen. Vielleicht war er gar kein Vergangenheitsapostel, sondern ein Straßenhändler kollektiver Erinnerungen.

Das Fitnessstudio funkelte. Der Goldschmuck der Frauen, die es besuchten, fand seine Entsprechung in den verchromten Beschlägen der Einrichtung. Spiegel bedeckten alle Wände, sodass man sich nicht aus dem Blick verlieren konnte, egal wohin man sich drehte. Fischgrätparkett aus Eichenholz vervollständigte die Pracht.

Eingeschüchtert von dieser Umgebung und vor allem von den Blicken der Frauen in Sportkleidung, die sich zu ihr umdrehten, ohne ihre Gespräche zu unterbrechen, trat sie an den Tresen, hinter dem eine Matrone mit rabenschwarzem Haar etwas aufschrieb.

»Sie wünschen?«, fragte sie schließlich und hob den Kopf.

Delphine erklärte, dass sie zum ersten Mal da sei, und zeigte ihre Karte.

»Sie haben Glück!«, rief die Frau. »In drei Minuten beginnt ein Gymnastikkurs. Wenn Sie sich beeilen, können Sie daran teilnehmen. Sonst haben wir noch Cardio-Training, Muskelaufbau, Laufbänder und andere Geräte.«

Delphine hatte sich angemeldet, um Leute kennenzulernen, deshalb entschied sie sich für den Gymnastikkurs und zog sich rasch um, obwohl ihr an diesem Abend überhaupt nicht der Sinn danach stand. In dem blauen, ausgewaschenen Sportanzug, den sie seit Urzeiten hatte, und den löchrigen Leggings fühlte sie sich wie die arme Verwandte aus einem Balzac-Roman. Die anderen Frauen verfügten über die komplette Ausstattung der modebewussten Sportlerin. Das machte ihre Körper weder wohlgeformter noch begehrenswerter, aber die fröhlichen Farben, die gutsitzenden Kleidungsstücke und die golden gebräunte Haut trugen dazu bei, von einigen Schönheitsfehlern abzulenken.

Die Lehrerin, wahrscheinlich eine junge Tänzerin zwischen zwei Engagements, schien als Einzige keinen großen Wert auf Äußerlichkeiten zu legen. Delphine, die fast zehn Jahre keinen Sport in der Halle mehr gemacht hatte, plagte sich ab, um mehr schlecht als recht mitzukommen.

Am Ende der Stunde war sie erschöpft. Im Umkleideraum bereiteten sich schon andere Frauen vor. Der Stuhl, auf den Delphine ihre Sachen gelegt hatte, war von der Besitzerin des Foxterriers besetzt, der sie schon mehrmals begegnet war.

»Verzeihung, ich glaube, Sie sitzen auf meinen Kleidern«, sagte Delphine.

Die Frau richtete ihren haselnussfarbenen Blick auf Delphine, und diese hatte den Eindruck, sie habe sie sofort erkannt. Sie hatte keine Zeit, sich zu fragen, warum, denn die Dame schüttelte schon energisch den Kopf, was ihre von einem smaragdgrünen Haarband zurückgehaltenen dicken rotbraunen Locken hin und her schaukeln ließ.

»Doch, ganz bestimmt. Ich habe sie auf diesen Stuhl gelegt.«

»Ihre Sachen sind da drüben.«

Voller Verachtung wiesen die golden beringten Finger

auf die Kleiderhaken über ihrem Kopf, wo Delphines Kleider schlampig hingehängt worden waren.

»So läuft das hier. Es gibt Verhaltensregeln, an die sich alle halten.«

Die anderen Sportlerinnen waren verstummt und lauschten der Unterhaltung, ohne auch nur zu versuchen, ihre Neugier zu vertuschen.

»Gut. Ich danke Ihnen«, erwiderte Delphine kühl, denn sie spürte hinter den Worten ihrer Gesprächspartnerin noch etwas anderes als den Wunsch, ihr eine Lektion zu erteilen. Sie hatte sich mittlerweile daran gewöhnt, in Sanary nicht mit offenen Armen empfangen zu werden, aber der Groll, den die Dame ihr gegenüber zu hegen schien, und zwar von der ersten Minute an, war tiefgehender als nur der verbreitete Argwohn Neuankömmlingen gegenüber.

Die Frauen zupften ihre Trainingsanzüge zurecht und verließen dann in kleinen Gruppen, miteinander schwatzend, den Umkleideraum. Delphine blieb allein auf ihrem Stuhl zurück und lauschte der rhythmischen Musik des nächsten Kurses, die durch die geschlossene Tür an ihre Ohren drang.

16

Delphine hatte nur noch einen Wunsch: Sie wollte zurück nach Paris. Auch wenn sie Cyril nicht zurückgewinnen konnte, würde sie ihren Kummer wenigstens mit ihren Freunden teilen können. Hier war sie nur ein Eindringling in einer feindlichen Umgebung. Trotz aller Anstrengungen verstand sie einfach nicht, wie das Räderwerk dieser provenzalischen Gemeinschaft funktionierte. In manchen Nächten blies ihr der Mistral seltsame Weisen. Wehe denen, die nicht mehr wissen, wer sie sind!, säuselte der Wind im Schornstein. Wer seine gesamte Vergangenheit abwirft, wird zur Feder, und Federn werden von der Brise fortgetragen und zufällig irgendwo abgeworfen, in einer fernen Gegend, wo man sie mit dem Staub verwechselt, wo eilige Schritte sie zertreten, die wissen, wohin sie wollen. Wehe denen, die von Zufall zu Zufall gehen und sich dabei verlaufen! Delphine hielt sich die Ohren zu, um diesen aufdringlichen Gesang nicht mehr zu hören, irrte von Zimmer zu Zimmer, betrachtete Möbel und Gemälde, als wäre sie zu Besuch. Inmitten der Ruinen ihrer Träume waren ihr als einzige Gefährten ein Kater und Erinnerungen geblieben.

Was konnte sie hier halten? Wenn sie das Haus verkaufte, hätte sie genug Geld für eine komfortable Wohnung in Paris. So, wie es Cyril ursprünglich vorgeschlagen hatte. Warum hatte sie sich so auf das Haus versteift? Warum? Sie war gerade im Begriff, sich erneut in Selbstvorwürfen zu verlieren, als sie plötzlich, und zum ersten Mal, eine riesige Wut übermannte. Ein Zorn, der seit Urzeiten da war, tief in ihr drin, ohne dass sie es gemerkt hatte, der mit einem Schlag seine Ketten gesprengt hatte und noch lauter brüllte als der Mistral. Die wildgewordene Bestie sprang durch das Zimmer und richtete sich fauchend auf. Das war sie, und das war sie nicht. In Gesellschaft dieser entfesselten Kreatur gab es nicht einmal mehr den leisesten Hauch von Einsamkeit.

Dieses Haus gehörte ihr, und sie würde daraus machen, wozu sie Lust hatte. Jetzt war Schluss mit dem Trödelkram und den Erinnerungen an ein anderes Leben, das sich nicht offenbaren wollte. In ihrer Wut ergriff sie eine Vase und warf sie zu Boden, wo sie in tausend Stücke zersprang. Sie tanzte auf den Scherben des scheußlichen Stücks.

Dann stürmte Delphine ins Musikzimmer und öffnete das Klavier. Sie schlug die Tasten an und spielte eine einfache Melodie aus ihrer Kindheit. Die Töne klangen dünn und holprig, aber die Melodie war erkennbar. Etwas mutiger begann sie von vorn. Bevor der letzte Ton im Raum verklungen war, stand ihr Entschluss fest. Was nützte ihr ein verstimmtes Klavier? Sie würde hier alles verändern, sich endlich das Heim ihrer Träume schaffen. Sie war niemandem Rechenschaft schuldig. Niemand beobachtete sie heimlich, um zu überprüfen, ob sie auch alles so machte, wie es sich gehörte oder wie man es ihr beigebracht hatte. Wenn sie eine anfechtbare Entscheidung traf, war das ihre Angelegenheit. Wenn sie etwas beschädigte, war es schade, Pech! Wenn ihre Besucher ihren Geschmack nicht teilten, war das nicht ihr Problem. Sie war frei. Nein, sie war nicht verloren. Dieser verflixte Mistral hatte unrecht. Es war ihre

Angst, die sich als Naturgewalt verkleidet hatte, um sie zu verführen. Aber sie würde nicht nachgeben. Von nun an war sie wirklich frei.

Die fauchende Bestie hatte die Tür zertrümmert und dabei neue Horizonte eröffnet. Delphine geriet in einen wahren Rausch. Sie maß die Räume aus und zeichnete bis spät in die Nacht Pläne. Die Wand zwischen Musikzimmer und Salon musste verschwinden. Diese Veränderung würde eine neue Perspektive schaffen, würde diesem zentralen Wohnraum, der bislang im Verhältnis zur Weitläufigkeit des Grundstücks fast beengt wirkte, endlich Tiefe verleihen. Durch die zusätzliche Öffnung würde das Licht den Salon von allen Seiten durchfluten. Ein Absatz zwischen beiden Zimmern würde den Raum strukturieren. Sie würde den Boden des Musikzimmers anheben und Fischgrätparkett legen lassen, um den Steinfußoden zu ersetzen, der nicht hässlich war, aber kalt unter den Füßen.

Während in ihrem eigenen Haus die Arbeiten begonnen wurden, ging Delphine Tag für Tag zur Baustelle bei Monsieur Bosc.

Eines Abends, ein paar Wochen später, als die Touristenhorden Sanary in einen Ameisenhaufen verwandelt hatten und in Delphines Salon der Umbau in vollem Gang war, rief Cyril an. Als sie seine Stimme hörte, bekam sie einen Schock. Binnen weniger Sekunden wühlte ein brennender Schmerz sie bis ins Innerste auf.

Seine warme Stimme brachte sie aus der Fassung. Sie starb, sie war Violetta, sie war Mimi, alle Opern zusammen waren albern im Vergleich zu ihrem Schmerz. Sie musste mit dem nächsten Zug nach Paris zurückfahren, ihr früheres Leben wieder aufnehmen, für immer bei ihm bleiben, jeden Gedanken an eine Veränderung von sich weisen, Schatten seines Schattens werden. Sie war im Begriff, die Büchse der Pandora zu öffnen und ihr ganzes Unglück herauszulassen, als er sagte:

»Entschuldige, dass ich dich störe. Ich hoffe, es geht dir gut, also, so gut es in Anbetracht der Umstände gehen kann …« Er stotterte, stammelte, druckste herum. Er wand sich. »Es tut mir leid. Das hört sich etwas hart an, aber ich wollte wissen, wann ich meine Sachen holen kann. Ich brauche sie dringend.«

Sie schlug ihm eins der ersten Wochenenden nach Semesterbeginn vor. Dann blieb sie bis zum Einbruch der Nacht auf ihrem Stuhl sitzen.

Am nächsten Tag arbeitete sie umso fieberhafter. Abends absolvierte sie zwei Gymnastikkurse hintereinander, aber trotzdem quälten sie die Gedanken. Wie hatte sie das Abrutschen in die Katastrophe nur so lange ignorieren können? Cyril hatte sich nicht wirklich in Sanary niederlassen wollen, er hatte es eindeutig nur ihr zuliebe getan. Aber wenn er sie noch wenige Monate zuvor hatte glücklich machen wollen und dafür sogar diese Veränderung seiner Lebensumstände akzeptierte, warum hatte er sich danach so schnell von ihr abgewandt? Wahrscheinlich hatte er sich niemals Kinder gewünscht. Das hatte er ihr sogar mehrmals zu verstehen gegeben. Aber dann hatten sie es doch gemeinsam versucht, er hatte doch mit ihr gehofft …

Jetzt hatte sie alles verloren, auch die Hoffnung, noch Kinder zu bekommen, denn wie sollte sie so schnell einen anderen Mann kennenlernen, einen Mann, dem sie vertrauen und den sie genug lieben würde, um ihn zum Vater ihrer Kinder zu machen? Das war unmöglich. Sie hatte wegen Cyril viel zu viel Zeit verloren, er hatte sie dazu genötigt, all die Jahre zu warten, und sie für die erstbeste Studentin wie einen alten Schuh in die Ecke geworfen. Ein Mädchen, das sicher zwanzig Jahre jünger war als sie, das den tollen Professor so sehr bewunderte, dass es nichts von ihm verlangte. Zwischen Kniebeugen und Stretching überschwemmte sie eine neue Welle von Traurigkeit, die von Minute zu Minute wuchs. Nach dem Training streifte sie hastig ihre Sachen über und rannte fast den Hügel hinauf bis nach Hause. Sie musste wenigstens mit irgendwem darüber sprechen.

Sie nahm sich nicht einmal die Zeit, ihre Jacke auszuziehen, und wählte Laureens Nummer. Sie musste endlich jemandem das Herz ausschütten.

Das Telefon klingelte fünf Mal. Delphine wollte gerade auflegen, als sich eine atemlose Stimme meldete.

»Hallo?«

Aber das war nicht die Stimme ihrer besten Freundin, es war überhaupt keine Frauenstimme. Diese Stimme kannte sie besser als jede andere auf der Welt.

»Hallo?«, sagte Cyril ein zweites Mal.

Es war kein Zweifel möglich.

17

Sie hatte ein Fenster knallen hören. Im Erdgeschoss. Dabei war sie sicher, dass sie alle Fenster geschlossen hatte. Sie machte jetzt jeden Abend eine Kontrollrunde, ehe sie nach oben ging. Bei Anbruch der Nacht flößte ihr das Landhaus Angst ein. Sie fühlte sich darin nicht sicher. Niemals, in keinem Moment vollständig sicher. Dabei war sie nicht besonders ängstlich. Sogar in Paris, als sie noch allein lebte, hatte sie nie zweimal abgeschlossen, wie sie es hier immer machte. Eine Tür quietschte. Hatte der Wind sie bewegt, oder war es Pascha? Nein, er konnte es nicht sein. Er schlief ruhig zu ihren Füßen. Delphine stellte den Fernseher leise, richtete sich im Bett auf und lauschte. Das Haus war in Dunkelheit gehüllt. Nur in ihrem Zimmer war Licht. Irgendetwas klopfte. Nicht ganz regelmäßig. Sollte sie nachsehen? Besser war es. Oder die Zimmertür mit einem Stuhl verbarrikadieren? Niemand würde davon erfahren. Es gab für ihre alltäglichen Handlungen keinen Zeugen mehr. Aber dann konnte Pascha nicht hinaus. Weder zu seinem Katzenklo noch zu Futterschale und Trinknapf. Das ging also nicht. Die Tür musste offen bleiben. Wieder dieses Klappern. Diesmal etwas lauter. Eigentlich fürchtete sie nicht um ihr Leben. Die Bedrohung war nicht konkret. Wider jede Vernunft und trotz der Umstände, die ihr Leben ziemlich armselig machten, hatte sie Angst. Man muss doch etwas zu verlieren haben, um wirklich zu zittern. Was konnte ihr noch passieren, das ihr nicht schon passiert war?

Die Angst scherte sich nicht um gute Argumente. Sie war ein zähes Tier mit einem Eigenleben. Ein lautes Geräusch. Wie ein umgeworfener Stuhl. Jemand war unten. Das war die einzige Erklärung. Wie in einem Albtraum schob sie das Laken zurück, mit dem sie sich zugedeckt hatte, stand auf und spitzte die Ohren. Pascha, in seinem Schlaf gestört, sprang mit mürrischem Mauzen auf den Boden.

»Sei still!«, flüsterte sie.

Sie schlich aus dem Schlafzimmer, der Kater folgte ihr, überholte sie und sauste die Treppe hinunter. Wieder ein leichtes Klopfen. Stufe für Stufe stiegen ihre nackten Füße hinab. Auf halber Höhe spürte sie einen Luftzug und wusste, wie lächerlich ihre Angst war. Irgendein Fenster war aufgegangen. Niemand war ins Haus eingedrungen, um sie zu bestehlen oder ihr nach dem Leben zu trachten. Sie stand ganz allein zwischen zwei Etagen, wie ein unruhiges Kind, das sich vor Gespenstern fürchtet. Sie richtete sich auf und bemühte sich, normal zu gehen. Sie machte sogar mehr Krach als nötig, als wollte sie sich selbst von ihrer Furchtlosigkeit überzeugen. Als sie den Schalter erreichte, machte sie Licht. Der grelle Schein ließ sie blinzeln. Die Diele war gelb, leer und kalt. Sie führte in mehrere Räume, die dunkel, hohl und leblos waren. Das Klappern kam aus dem neu hergerichteten Salon, wo ein Fenster schlug. Die durch die Nacht in Spiegel verwandelten Scheiben zeigten ihr ein wenig schmeichelhaftes Bild. Ihre gewöhnlich jugendliche Silhouette wirkte plötzlich wie gerupft, wie ein aus dem Nest gefallener Vogel.

»Du grässliche Vogelscheuche! Was machst du hier bloß, du armseliges Geschöpf?«

Pascha, der Zeuge dieser seltsamen Tirade war, fing an, wütend zu mauzen.

»Verzieh dich!«, brüllte Delphine. »Ich mag dich nicht. Ich wollte nie eine Katze haben. Wenn ich mir überlege, dass mir diese Schlampe meinen Mann weggenommen hat und mir dafür dieses haarende Ungeheuer hinterlassen hat, das nur ans Fressen denkt! Ich fasse es nicht. Ich hasse sie. Ich will dich nicht mehr sehen. Los, hau ab!«

Sie griff nach einem Buch und warf es nach Pascha, der die Flucht ergriff und mit empörtem Fauchen aus dem offenen Fenster sprang.

18

Die Luft flimmerte von der Hitze und dem Kohlenmonoxyd, das die Autos im Dauerstau zwischen Cassis und Menton ausstießen. Es gab immer ein paar Schwachköpfe, die auf einen Platz lauerten, um so nah am Strand wie möglich zu parken. Die Urlauber hatten Cafés, Restaurants und Supermärkte gestürmt. Das Leben, das den Rest des Jahres so gemächlich ablief, war hektisch geworden. Alles war dem autoritären Regime des Amüsements unterworfen. Zwischen dem 1. Juli und dem 15. September herrschte der Leibeskult. Bis spät in den Abend wurde Wassersport getrieben. Schicke Bikinis und bunte Cocktailkleider zogen in einem endlosen Reigen durch die Straßen, über die Strände und Jachten. Wallende Frisuren, tiefste Bräune, zarteste Taillen steckten den Sommer mit lässiger Geste in die Tasche. Monatelang hatten sich junge Frauen in ihre knappe Garderobe gehungert. Die Städte der Côte d'Azur hatten sich in Freiluftkasinos verwandelt, in denen man seine Reize einsetzte. Nicht alle jagten nach dem Glück, aber jeder suchte nach Vergnügungen.

Voller Erstaunen betrachtete Delphine diese gigantische und geräuschvolle Party. An manchen Tagen flüchtete sie ins Innerste ihres Hauses und schloss so viele Fenster wie möglich, um das ferne, aber unaufhörliche Pulsieren des endlosen Festes nicht zu hören. Abends fasste sie sich oft ein Herz und ging dennoch baden. Sie wollte sich durch ihre Abneigung gegen die menschliche Flut nicht zur Gefangenen machen. Dank ihrer natürlichen Schönheit wäre sie beim Wettkampf um die wildesten Vergnügungen sicher als Kandidatin angenommen worden. Sie fühlte sich aber in diesem ganzen Spektakel völlig fehl am Platze. Nach Cyrils Verrat war sie besonders verwundbar, und das ganze Theater um sie herum stürzte sie in ein unerträgliches seelisches Tief.

Und zur Krönung des Ganzen war Pascha seit dem Vortag nicht wiedergekommen. Delphine fühlte sich schuldig. Sie hatte ihm nicht wehtun wollen. Sie war ungerecht gewesen. Wenn er bloß zurückkam, würde sie ihm alles erklären. Ihn wiederzufinden war plötzlich dringlicher als alles andere.

»Pascha! Komm zurück, mein Liebling. Es tut mir leid. Was ich gestern gesagt habe, habe ich nicht so gemeint. Bitte komm zurück!«

Schon warf die Nacht wieder ihren Schleier über den Garten. Delphine knisterte mit der Futtertüte, schlug mit einem Löffel gegen seinen Napf und rief seinen Namen.

Ich bin lächerlich, dachte sie und rief noch lauter. Sie griff nach der Taschenlampe und wagte sich hinaus. In der Ferne dröhnten die Sommerrhythmen.

Schatten von Fledermäusen jagten am erleuchteten Salonfenster vorbei. Das Lichtbündel traf auf zwei leuchtende Kugeln.

»Pascha?«

Delphine trat näher, das Tier flitzte davon. Der lange buschige Schwanz verschwand hinter den Büschen, die das Grundstück begrenzten. Ein Fuchs! Kam er so nah an die Häuser? Eine Eule rief »Huhuuu«. Würde sie einen Kater angreifen? Delphine blieb ein Stadtmensch, der keine Ahnung von der Tierwelt hatte. Der Leuchtturm blinkte im Hafen, unbeirrbar und faszinierend. Das Licht ging an, aus, an, aus. Das Rascheln und Knistern um sie herum ließen sie die verborgene Seite ihres nächtlichen Gartens erahnen. Sie waren alle da, im Schatten aufmarschiert, um den Eindringling zu beobachten: Vögel, Mäuse, Igel, Ratten vielleicht, nur nicht der eine, den sie schmerzlich vermisste. Der Leuchtturm drehte sich immer weiter. Sie hockte sich hin, ließ die Natur an sich heran, in sich hinein, sie ganz ausfüllen. Quaken, Krächzen, Eulengeschrei. Es wimmelte und klopfte. Es schlängelte und piepste, sie phantasierte. Da war kein Kater, da war kein Mann. Oder doch: Da waren viele Kater, aber nicht ihrer, da waren Männer, aber nicht ihrer. Cyril war weg, Pascha war weg, ihre beste Freundin war weg, ihr Vater, ihre Mutter auch. Sie war ganz allein. Es war fast lächerlich, so allein zu sein. Ja, das war zum Lachen. Es war keine Komödie mehr, es war Schmierentheater. Sie brach in schallendes Gelächter aus, hielt aber jäh inne. Sie hatte eine Gestalt gesehen, die sich neben dem Haus bewegte. Ja, ganz bestimmt. Jemand lauerte im Dunkeln. Oder war es ihre Einbildung?

In der Nacht schlief sie mit einem Messer unter dem Kopfkissen. Am nächsten Morgen verhieß ein makelloser Himmel einen strahlenden Tag. Delphine kam sich albern vor.

»Das nächste Mal werden sie wirklich die Wahlen gewinnen, keine Frage«, versicherte der Schnauzbärtige am Tresen. »Der Front National hat wenigstens Antworten. Sie sind vielleicht nicht immer sehr feinfühlig, aber sie suchen nach Lösungen und stehen zu ihren Positionen. Mit Marine ist der Wechsel gesichert, sie ist eine starke Frau, die weiß, was sie will, und die ihre Überzeugungen durchsetzen wird.«

»Da ist was dran«, stimmte ihm der Wirt zu, während er ein Glas abtrocknete.

»Siehst du! Wozu brauchen wir Europa? Kannst du mir das sagen? Seit es Europa und den Euro gibt, stecken wir in der Scheiße. Ich will den Franc zurückhaben! Mit dem Franc ging es uns gut.«

Er hielt sein leeres Glas hoch, und der Wirt füllte es, ehe er ihm widersprach.

»Die Zeiten haben sich geändert.«

»Von wegen! Wir müssen zu den echten Werten zurückfinden. Wir haben unseren Flugzeugträger, eine uneinnehmbare Verteidigung, wir produzieren genug. Wir gehen den anderen auf den Geist, und sie nerven uns. Soll doch jeder mit dem klarkommen, was er hat, und alles läuft viel besser. Das sage ich Ihnen. Frankreich ist eine große Nation, die sich nichts vorschreiben lässt, Monsieur.«

Er streckte den zitternden Zeigefinger in die Luft, als erwartete er Zustimmung.

Delphine verließ demonstrativ die Bar, aber niemand merkte es.

Um ihren Ärger zu vertreiben, rannte sie fast und stieß gleich darauf die Tür des nur wenige hundert Meter entfernten Stadtarchivs auf. Das große Schwarzweißfoto eines kräftigen Mannes mit offenem Hemd über der breiten, wettergebräunten Brust illustrierte den Kasten, der ein Viertel der Titelseite des *Var-Matin* einnahm: »Victor Pastorelli im Meer verschollen.«

Delphine überflog den Artikel. »Victor Pastorelli, ein angesehener Bürger von Sanary-sur-Mer, Besitzer eines der bedeutendsten Bauunternehmen in La Seyne, ist in der Nacht vom 17. zum 18. Oktober auf dem Meer ums Leben gekommen. Sein stark beschädigtes Boot wurde einige Kilometer von seinem Heimathafen entfernt in einer kleinen Bucht gefunden. Von ihm selbst fehlt jede Spur. Eine Untersuchung wurde eingeleitet. Erschüttert durch die schreckliche Nachricht, erklärte seine Gattin, Pauline Pastorelli, dass ihr Mann nach einem feucht-fröhlichen Abend mit Freunden allein eine nächtliche Ausfahrt unternommen hatte. Nach Aussage verschiedener Freunde fuhr er häufig allein aufs Meer, wenn er Lust dazu bekam. Seine Frau habe noch versucht, ihn von seinem Vorhaben abzubringen, da das Wetter umzuschlagen drohte, er habe aber nicht auf sie hören wollen. Sie sei dann mit einem Schlafmittel zu Bett gegangen, habe erst frühmorgens gemerkt, dass Pastorelli nicht zurückgekehrt war, und sofort das Büro des Hafenkapitäns angerufen. Rettungsmannschaften wurden losgeschickt. Pastorellis Boot wurde eine Stunde später gefunden. Außer seiner Gattin hinterlässt der Geschäftsmann eine Tochter aus einer früheren Beziehung.«

Erstaunt las Delphine den letzten Satz noch einmal. Niemand hatte ihr erzählt, dass Pastorelli eine Tochter gehabt hatte. Im ganzen Haus hatte sie kein einziges Foto eines Kindes gesehen, nicht den Schatten einer Spur. Was bedeutete das? Sie bestellte bei dem Archivar alle Zeitungen der Region und überflog fieberhaft die Artikel über die Tragödie. *Nice-Matin* beschrieb Pastorelli als großzügigen Spender und prominentes Mitglied des Generalrats. Überall rühmte man ihn als jovialen, warmherzigen und ehrgeizigen Lebemann. Nur in *La Provence* deutete der Jounalist leichte Zweifel an der Rechtmäßigkeit bestimmter Aufträge an, die der Unternehmer bekommen hatte.

Der *Var-Matin* hatte die Untersuchung täglich verfolgt. Die Artikel standen zunächst auf der ersten, dann auf der vierten Seite und landeten schließlich im Lokalteil. Die letzte Meldung lautete, dass die Akte geschlossen worden sei. Wenige Monate später wurde Pastorelli offiziell für tot erklärt.

19

Rasch erklomm Delphine die drei Etagen und klingelte an Simones Tür, die sich fast sofort öffnete. Sie ließ sich nicht anmerken, ob sie erstaunt war, Delphine zu sehen, die nicht einmal wartete, bis sie saß, um die Frage zu stellen, die ihr auf den Lippen brannte.

»Warum hat mir niemand gesagt, dass Pastorelli eine Tochter hatte?«

Es war mehr ein Vorwurf als eine Frage. Simone reagierte nicht darauf. Sie lächelte.

»Komm rein. Willst du etwas trinken?«

Delphine setzte sich auf das Sofa.

»Du hast mich nicht danach gefragt.«

»Aber das versteht sich doch von selbst. Es ist doch wohl ein wichtiges Detail!«, rief Delphine.

»Vielleicht für Victor Pastorelli. Nicht für Pauline«, antwortete Simone ganz ruhig und wies damit jeden Vorwurf von sich.

»Doch, zwangsläufig. Das Vorleben des Ehemanns spielt schließlich eine wichtige Rolle. Und ein Kind hat Ansprüche an seinen Vater.«

»Ansprüche?« Simone wurde plötzlich nachdenklich. »Das ist die heutige Denkweise, stimmt. Seinerzeit gab es das nicht. Die meisten Kinder sahen ihren Vater wenig, auch wenn sie offiziell bei ihm lebten. Die Männer arbeiteten und schafften Geld ran. Das war ihre Aufgabe. Es gab natürlich zärtliche Väter, die an ihren Kindern hingen. Aber die Kinder waren nicht so wichtig, höchstens als Erben. Ich nehme an, Victor hat seine Tochter selten gesehen. Jedenfalls verstanden sich Jacqueline und Pauline überhaupt nicht und gingen sich möglichst aus dem Weg.«

»Jacqueline?«

»Ja, du hast sie vielleicht schon gesehen. Sie spaziert immer mit einem Foxterrier durch die Gegend.«

»Eine gutaussehende Frau in den Fünfzigern mit rotbraunen Locken?«, stammelte Delphine, der es fast die Sprache verschlug.

»Genau.« Simone räumte ruhig die Stickerei weg, an der sie gearbeitet hatte, bevor ihre neue Freundin hereingeplatzt war.

Delphine traute ihren Ohren nicht. Die Einheimische, mit der sie im Fitnessstudio aneinandergeraten war, war die Stieftochter von Pauline Pastorelli. Das erklärte allerdings die Feindseligkeit, mit der diese ihr von Anfang an gegenübertreten war.

»Ich bin ihr schon begegnet.«

»Klar. Sie ist ziemlich bekannt hier«, antwortete Simone, immer noch genauso stoisch, während sie das Deckchen zusammenlegte, das mit einem gestickten Maiglöckchenstrauß verziert war.

»Es hätte mir geholfen zu wissen, wer sie ist«, bestand Delphine weiter auf ihren Vorwürfen.

»Wozu? Was hättest du ihr denn gesagt?«

»Ich weiß nicht«, gab Delphine zu. »Ich hätte mich zunächst einmal vorgestellt. Das wäre höflich gewesen.«

»Das hätte auch nichts genützt.« Simone zuckte mit den Achseln. »Man kann Sympathien nicht erzwingen. Eure Interessen sind nicht dieselben. So ist es nun mal. Da kann man nichts machen. Sie hat ihre Gründe, und du hast deine.«

Delphine dachte einen Augenblick über die Worte ihrer neuen Freundin nach, dann fragte sie:

»Warum verstanden sie sich nicht?«

»Wer weiß? Kinder sind oft genug dagegen, wenn ihre Eltern noch einmal heiraten. Ich glaube übrigens, dass Pastorelli mit Jacquelines Mutter nie verheiratet war. Sie war also ein uneheliches Kind, das unter all den Demütigungen zu leiden hatte, die das seinerzeit nach sich zog. Und dann hatte er auch noch die schlechte Idee, eine andere zu heiraten. Das kann schon eine gewisse Feindseligkeit erklären.«

»Ja, natürlich«, gab Delphine zu.

»Es gibt sogar Parallelen in eurer persönlichen Lebensgeschichte – wenn ich dich richtig verstanden habe, hattest du auch eine eher schwierige Beziehung zu deinem Vater. Und trotzdem sind eure Interessen nun mal gegensätzlich.«

Wieder zuckte die alte Damen mit den Achseln.

In diesem Moment hätte Delphine alles dafür gegeben, jemand anders zu sein.

»Hätte sie nicht Pastorellis Besitz erben müssen?«

»Ich glaube, sie wurde nach seinem Tod ausgezahlt«, sagte die alte Dame. »Ein ordentliches Sümmchen. Ich nehme an, sie hätte auch gern das Haus gehabt, aber das ging an deine Tante. Nusswein?«

»Nein danke. Lieber etwas Trockeneres. Ein Gläschen Weißen, wenn du welchen dahast.«

Simone stand auf und kam mit einer Flasche weißem Bordeaux zurück. Sie holte zwei Gläser aus dem Buffet und reichte Delphine den Korkenzieher, ehe sie sich wieder hinsetzte und sie prüfend ansah.

»Du hast dich eine Weile nicht gemeldet, und bei allem Respekt, ich finde, du siehst ziemlich schlecht aus.«

Delphine erblasste, als hätte dieser einfache Satz sie plötzlich an ihre eigene Wirklichkeit erinnert, die sie während ihrer kleinen Nachforschung über die Vergangenheit erfolgreich verdrängt hatte. Schon brach es aus ihr heraus, sie schilderte ihre ganze Verzweiflung, und die Aufregungen früherer Generationen waren im Nu hinweggefegt. Simone reichte ihr schweigend ein Papiertaschentuch nach dem anderen.

20

Jede Stunde ging Delphine hinaus, um Pascha zu rufen, der unauffindbar blieb. Von Panik ergriffen, suchte sie ein weiteres Mal all seine Verstecke ab. Im Schuppen stieß sie auf eine tote, halbverweste Maus. Voller Ekel hielt sie sich die Nase zu, entfernte den Kadaver und begrub ihn in der Nähe der kleinen Nordmauer. In den letzten zehn Jahren hatte Cyril solche lästigen Pflichten erledigt. Obwohl sie sich als modernes Paar verstanden, hatten sie eine klassische Arbeitsteilung aufrechterhalten. Ein galanter Mann – und Cyril war ganz sicher einer – ersparte seiner Lebensgefährtin solche Situationen. Aber es gab keinen Cyril mehr. Jetzt musste sie allein zurechtkommen.

»Pascha!«

Sie lauerte auf jede Bewegung, schaute hinter alle Sträucher, suchte mit den Augen die Wipfel der erreichbaren Bäume ab. Nichts. Jetzt hatte auch der Kater sich von ihr abgewandt. Sie verließ ihr Grundstück, ging an den Zäunen der Nachbarn entlang und spähte hindurch.

Plötzlich hörte sie eine Stimme.

»Kann ich Ihnen helfen?«

Sie drehte sich erschrocken um. Hinter ihr stand der Briefträger mit seinem Fahrrad. »Rasant« kam ihr in den Sinn, aber diesmal schmerzte sie der Spitzname nicht, den Cyril dem Briefträger gegeben hatte. Im Übrigen hatte dieser auch nicht die leiseste Ähnlichkeit mit Jacques Tati.

Er war klein und gedrungen mit kurzen dünnen Haaren von heller Farbe, die von seinem runden Kopf abstanden.

»Ich habe meinen Kater verloren und dachte, er hätte sich vielleicht zu den Nachbarn verirrt.«

»Da fragen wir sie am besten mal«, schlug der Briefträger vor, ging auf das Tor zu und klingelte.

»Ach, Sie sind es, François!«, rief eine etwas raue Frauenstimme aus dem Innern des Anwesens. François, so hieß Jacques Tati in *Tatis Schützenfest.* Natürlich handelte es sich um einen weitverbreiteten Namen, aber Delphine musste doch über diesen Zufall schmunzeln.

Das Tor öffnete sich, und heraus trat eine blonde, braungebrannte Dame von ungezwungener Eleganz.

Ihr Haar, das so kunstvoll getönt war, dass es fast natürlich wirkte, ihre helle Haut und die blauen, beinahe violetten Augen machten sie zu einer wahren Schönheit. Nur wenige Falten hatten dem Jungbrunnen widerstanden.

Plötzlich wurde Delphine bewusst, dass sie sich nach ihrer Ankunft mit Cyril einige Monate zuvor nicht die Mühe gemacht hatte, sich in aller Form vorzustellen.

Sie war derart von ihrem Glück in Anspruch genommen gewesen, dass sie diese Geste der Höflichkeit vernachlässigt hatte.

Angesichts des misstrauischen Blicks ihres Gegenübers sah sie sich plötzlich mit dessen Augen, und das, was sie sah, war nicht gerade sympathisch.

»Ich bin Ihre neue Nachbarin«, stammelte sie, ärgerlich darüber, dass sie sich so leicht einschüchtern ließ. »Mein Kater ist nicht zurückgekommen.«

François kam ihr zu Hilfe:

»Ja, wir suchen ihr Kätzchen.«

»Ich hätte Ihnen schon lange einen Besuch abstatten sollen«, sagte Delphine eilig. »Ich habe das Haus von meiner Tante, Madame Pastorelli, geerbt.«

Sie drückte die Hand ihrer Nachbarin, die unmerklich nickte.

»Freut mich. Fortunat. Wie sieht er aus?«

Delphine lieferte eine detaillierte Beschreibung von Pascha, und dabei zog sich ihr Herz wieder zusammen.

»Wenn ich ihn sehe, gebe ich Ihnen Bescheid«, versprach Madame Fortunat und lächelte zum ersten Mal. Sie hatte wirklich einen betörenden Blick. François schien derselben Meinung zu sein, denn er sah ihr überwältigt hinterher, nachdem sie sich von ihr verabschiedet hatten.

Delphine bedankte sich herzlich beim Briefträger, der ihr versprach, die Augen offen zu halten, und ging nach Hause. Als sie durch die Diele ging, hatte sie erneut das Gefühl, dass Paulines Porträt sie grüßte. Sie war drauf und dran, das Gemälde abzunehmen und es zur Wand zu drehen, aber sie hielt sich zurück.

»Sei nicht blöd! Es fehlte noch, dass du durchdrehst«, schimpfte sie laut mit sich selbst. Sie ging hoch in ihr Zimmer und zog ein Trägernachthemd an, dann setzte sie sich in die Küche. Sie erwartete weder Besuch noch irgendein anderes Ereignis. Geistesabwesend schaute sie auf den kleinen Fernseher, den sie in eine Ecke des großen Raums gestellt hatte, während sie sich einen Salat zubereitete.

Zwei Stunden später, es war schon dunkel, hörte sie plötzlich ein Mauzen. Sie sah sich um und erblickte Pascha draußen auf dem Fensterbrett. Sie stürzte zum Fenster und ließ ihn herein.

»Mein Kätzchen!«

Sie nahm ihn in die Arme und steckte ihren Kopf in sein seidiges Fell. Er schaute sie dankbar an und schnurrte schwach.

»Was machst du denn mit mir? Wo hast du gesteckt? Gehört sich das vielleicht?«

Sie streichelte ihn, aber plötzlich spürte sie eine merkwürdige Feuchtigkeit und zog ihre Hand zurück. Sie war voller Blut. Entsetzt drehte sie Pascha behutsam um und stieß einen Schrei aus, als sie inmitten einer klaffenden Wunde seine Eingeweide sah.

21

Die Panik ließ sie am ganzen Körper zittern. Ihr Gehirn lief auf Hochtouren. Hastig suchte sie im Internet nach einem Tierarzt und schrieb die Adresse des ersten auf, der auf dem Bildschirm erschien.

Sie parkte mitten auf dem Bürgersteig und läutete am Tor, als hinge ihr eigenes Leben davon ab. Ein zerzauster Kopf zeigte sich an einem Fenster im ersten Stock. Delphine gestikulierte. Sie musste aussehen wie ein Schiffbrüchiger, der am Horizont einen Dampfer erblickt.

»Sie wissen wohl nicht, dass ich keinen Bereitschaftsdienst habe«, schimpfte der Tierarzt zur Begrüßung, als er wenige Minuten später das Tor öffnete. Sein zerknittertes blaues Hemd, hastig übergezogen und falsch geknöpft, hing über der Hose. Die wirren blonden Locken bedeckten teilweise die hohe Stirn.

»Ehrlich gesagt weiß ich überhaupt nichts«, stotterte sie und senkte den Kopf. Alles hing jetzt von der Laune dieses Mannes ab, den sie aus dem Bett geholt hatte. »Mein Kater ist mit einer entsetzlichen Wunde am Bauch heimgekommen. Da bin ich einfach losgestürzt. Ich bin erst vor kurzem hierhergezogen, und Ihre Adresse habe ich als Erstes gefunden.«

»Ich war schon im Bett«, antwortete der Tierarzt vorwurfsvoll, trat aber zur Seite, um sie vorbeizulassen. »Ich arbeite ununterbrochen. Heute früh um vier Uhr wurde ich zu einer Eselin gerufen.«

Delphine ergriff die Kiste und ging eilig Richtung Hauseingang.

»Es war eine schwierige Geburt. Dann habe ich den ganzen Tag gearbeitet«, erklärte der Arzt.

»Das tut mir ehrlich leid. Wirklich.«

»Hier geht es lang.« Er schob eine Glastür im Erdgeschoss auf und machte Licht. Delphine blinzelte, geblendet von der Neonbeleuchtung, die alles in grelles Licht tauchte. Jetzt erst wurde ihr ihr eigener Aufzug bewusst. Die unförmige Jogginghose mit Flecken von Gras und Erde, die sie sonst zur Gartenarbeit anzog, und ein verwaschenes grünes T-Shirt, Werbegeschenk eines Deko-Salons, waren die erstbesten Kleidungsstücke, die ihr in die Finger geraten waren.

»Wie heißt er?«, fragte der Tierarzt, während er ihr die Kiste abnahm und sie auf den Untersuchungstisch stellte.

»Pascha.«

Mit fachmännischem Griff holte er den Verletzten heraus, drehte ihn um und hielt ihn in dieser Stellung fest, um die Wunde zu betrachten. Der Kater stieß einen entsetzten Klagelaut aus und suchte Delphines Blick.

»Halten Sie ihn fest«, befahl der Arzt. Er streifte einen weißen Kittel über und schob die Hautzipfel an beiden Seiten der klaffenden Wunde noch weiter auseinander. Delphine wurde übel.

»Hat er was gefressen?«

»Äh … nein, ich glaube nicht, er kam gerade zurück. Er war verlorengegangen.«

Der graue Blick des Tierarztes richtete sich auf sie.

»Umso besser. Da ich einmal auf bin, werde ich ihn gleich operieren.«

»Ich warte draußen«, stotterte sie.

»Das ist nicht nötig. Er wird nicht vor morgen früh aufwachen. Lassen Sie mir Ihre Telefonnummer da. Ich rufe Sie an.«

In ihren Träumen dreht sich ein altes Karussell, dem unten am Hafen ähnlich, in der Nacht, erhellt von grellen Lichtern, nein, von lodernden Fackeln, Kinder fahren auf Karussellpferden an ihr vorbei, einmal, zweimal, zunächst kreischen sie vor Freude, aber das Karussell dreht sich immer schneller, es wird sich losreißen, die Gesichter werden zu von Angst verzogenen Grimassen, aber die Schreie sind lautlos, die Musik überdeckt sie, ein zu lauter, schiefer Gassenhauer. Es schmerzt in den Ohren. Sie kann nicht mehr atmen. Anstelle der Kinder sind jetzt Tiere auf den durchgehenden Pferden. Aufgerissene Mäuler und verdrehte Augen, die versuchen, sich festzuklammern, um nicht herausgeschleudert zu werden, aber ihre Krallen rutschen über das glasierte Holz.

Um zehn Uhr klingelte das Telefon endlich. Delphine war nach einer unruhigen Nacht im Morgengrauen aufgestanden und hatte den Morgen damit zugebracht, um den Apparat herumzuschleichen und sich zu fragen, ob sie anrufen sollte, aber sie hatte Angst gehabt, den Tierarzt ein zweites Mal zu wecken. Vergeblich hatte sie versucht, sich auf ihre Arbeit zu konzentrieren, um auf andere Gedanken zu kommen.

»Madame Dupeyron? Sie können Pascha abholen. Er hatte eine gute Nacht. Alles in Ordnung.«

Sie hätte den Tierarzt umarmen können. Sie stürzte in den Keller, wählte eine gute Flasche aus und machte sich wieder auf den Weg, den sie in der Nacht schon zwei Mal gefahren war.

Antoine Ceccaldi empfing sie an der Tür. Jetzt war er tadellos gekleidet und wirkte erholt. Als Delphine ihm die Flasche gab, strahlte er und lächelte liebenswürdig. Er nahm das Geschenk entgegen und sagte: »Das wäre doch nicht nötig gewesen. Ich glaube, ich war gestern Abend etwas barsch. Die Müdigkeit. Wie kann ich das wiedergutmachen? Darf ich Sie zum Essen einladen?«

»Aber nein, es war unhöflich von mir, Sie zu so einer Zeit zu behelligen. Ich bin Ihnen schrecklich dankbar, dass Sie sich um Pascha gekümmert haben.«

»Also wollen Sie mir nicht verzeihen?«

Sein scherzhafter Ton unterschied sich sehr von seiner Barschheit in der letzten Nacht. Delphine war etwas verwirrt.

»Doch, natürlich, das habe ich nicht gesagt«, stammelte sie.

Der Tierarzt brachte ihr die Kiste, in der Pascha ruhig schlief.

»Sie müssen auf den Verband aufpassen. Ich habe ihm Klammern gesetzt. Sie müssen ihn beobachten, er wird versuchen, sie zu entfernen. Hier sind Antibiotika. Die muss er sechs Tage lang einnehmen.«

Delphine nickte.

»Was schulde ich Ihnen, Monsieur?«

»Hundertachtzig Euro.«

Delphine stellte einen Scheck aus und griff nach der Kiste.

»Ich hole Sie um dreizehn Uhr ab.«

Delphine brachte den Kater nach Hause. Er trank etwas Wasser, fraß, legte sich aufs Bett und schlief sofort wieder ein. Delphine flitzte zur Baustelle, um zu sehen, ob die Handwerker gut vorankamen. Sie hatte sich mehrere Tage nicht blicken lassen, das war unvorsichtig. Obwohl ihr der Meister täglich Bericht erstattet hatte, war es besser, sich persönlich zu überzeugen und die Qualität der Arbeiten regelmäßig zu kontrollieren. Am Anfang ließen sich Fehler leichter korrigieren, später waren sie schwer auszubügeln. Sie durfte auf keinen Fall in Verzug geraten, denn ihr Ruf hing von ihrer Zuverlässigkeit und ihrer Pünktlichkeit ab. Sie hatte sich geschworen, dass die Zeit, wo sie ab und an in eine Schublade griff, die ein anderer gefüllt hatte, für immer vorbei war. Ohnehin hatte sie jetzt niemanden mehr, auf den sie rechnen konnte, also war die Situation wenigstens klar.

Auf der Baustelle wurde sie sofort mit Fragen, Bemerkungen und Klagen überfallen. Die Fliesen, die sie in Florenz bestellt hatte, ließen auf sich warten. Die Maße der Arbeitsplatte für die Küche stimmten nicht mit ihrer Berechnung überein und die Rohre für den Wasserzufluss waren sichtbar verlegt. Als sie sich endlich frei machen konnte, war es Viertel vor eins. Sie raste nach Hause.

Antoine Ceccaldi hupte schon vor dem Tor, als sie eben die Hände unters Wasser hielt. Sie hatte gerade noch Zeit, sich zu kämmen und sich zu vergewissern, dass sie keine Spuren von Gips oder Farbe auf der Kleidung hatte, ehe sie nach draußen lief.

In einem Restaurant direkt über dem Wasser erwartete sie ein reservierter Tisch vor der riesigen offenen Fensterwand.

Antoine Ceccaldi erwies sich als zuvorkommender Gastgeber. Er bestand darauf, dass Delphine bestellte, worauf sie wirklich Appetit hatte. Sie entschieden sich für flambierte Langusten. Ceccaldi bestellte eine Flasche Meursault zum Essen. Als der Wein kam, stieß er vor Wonne einen Seufzer aus.

»Ich bin froh, dass ich einen Vorwand gefunden habe, meine Praxis zu verlassen. Normalerweise esse ich nie zu Mittag. Ein Sandwich muss reichen.«

Das Meer glitzerte in der Sonne. Dutzende Jachten schaukelten auf den Wellen und wiegten sich in der leichten Brise. Die Strände waren wie immer überfüllt, aber von ihrem Beobachtungsposten in der Höhe erschien dieses Gewimmel fröhlich, geradezu rührend.

22

Cyril wählte den zweiten Samstag im September, um seine Sachen abzuholen. Delphine wollte diesem letzten Rendezvous lieber fernbleiben. Vom Fenster im ersten Stock aus hielt sie nach Simone Ausschau, die ihr versprochen hatte, die Abwicklung der Aktion zu überwachen.

Als sie ihre Gestalt aus dem Morgennebel auftauchen sah, stürzte sie in die Küche, um sie mit einem Kaffee zu empfangen. Sie vergewisserte sich ein letztes Mal, dass Pascha genügend Trockenfutter und Wasser hatte. Am Vortag hatte sie alle persönlichen Papiere, Arbeitsverträge, Zeichnungen und Pläne versteckt. Sie hatte das Haus gründlich aufgeräumt und nur neutrale Gegenstände in Sichtweite gelassen. Alles, was Cyril gehörte, hatte sie in seinem Arbeitszimmer zusammengetragen. So würde er wenigstens nicht anfangen, überall herumzuschnüffeln, dachte sie, als sie diese traurige Arbeit erledigte. Um weder die lauernde Wehmut noch Wut aufkommen zu lassen, hatte sie die *Rocky Horror Picture Show* aufgelegt. Es war leichter, die letzten Spuren einer Liebe auszulöschen, wenn man dabei aus voller Kehle im Duett mit Tim Curry sang.

Draußen erfand der Mistral immer neue Arten, die Blumen anzufahren, sie nach Belieben zu entblättern, die Menschen zu demütigen, die zusammengekrümmt laufen und alles festhalten mussten, was nicht an ihnen festgewachsen war. Verzierungen, Schnörkel und Frisuren, die falschen Haarteile, Zeichen von Wohlstand und Anerkennung, flogen davon wie Kinkerlitzchen, die nach dem Fest im Rinnstein landen.

»Na, sag mal, hier hat es sich aber gewaltig verändert!«, rief Simone aus, als sie den Salon betrat. »Es ist wunderschön.«

Das Ergebnis der letzten Arbeiten hatte selbst Delphines Erwartungen übertroffen. Die Farben, die sie für die Wände und die Gardinen ausgewählt hatte, machten den riesigen Raum elegant und einladend. Das von beiden Seiten hereinfallende Licht war zauberhaft. Das neue rostfarbene Sofa, passend zu einem grauen niedrigen Tisch mit einem Hauch von Rosa, zog den Besucher förmlich an. Ein einziges Kissen aus grünem Samt mit einem Blumenmotiv zierte das Sofa. Wenn man einmal hier saß, wollte man nicht mehr aufstehen. Das Eichenholzparkett machte Lust, sich darauf auszustrecken. Die dunkle Anrichte war durch eine Abstellfläche in der gleichen Farbe wie der niedrige Tisch ersetzt worden.

»Was hast du mit den Möbeln deiner Tante gemacht?«

»Alles im Keller. Ich konnte mich noch nicht dazu durchringen, sie zu entsorgen, aber ich fürchte, das wird der nächste Schritt sein.«

»Das Ergebnis ist auf jeden Fall unglaublich.«

Delphine freute sich, dass Simone ihre Änderungen guthieß. Sie war die Erste, die die Umgestaltung bewundern konnte. Ganz kurz schoss ihr die erfreuliche Vorstellung durch den Kopf, dass Cyril ebenfalls beeindruckt sein würde. Sie blieb noch fünf Minuten, um mit Simone zu schwatzen, gab ihr ein paar letzte Empfehlungen und verschwand.

In der Nacht hatte der Mistral plötzlich seinen Übermut aufgegeben, und da er sich kaum noch an die Gründe für seine gewaltige Aufregung erinnerte, war er angewidert eingeschlafen. Der leichte Morgennebel würde sich binnen einer halben Stunde verziehen, und sie würde sich nicht unterkriegen lassen, sondern einen angenehmen Tag mit Antoine verbringen, der ihr seit dem ersten gemeinsamen Mittagessen den Hof machte. Obwohl sie sein Werben nur mit äußerster Zurückhaltung beantwortete, reservierte der Tierarzt für sie die knappe Freizeit, die ihm seine Arbeit ließ. Es machte ihm Spaß, sie die Provence entdecken zu lassen, von der er voller Zuneigung sprach. Ihre Unterhaltung drehte sich oft um den riesigen Reichtum, den Frankreich mit der Küste und deren Hinterland besaß, diesem blühenden Garten unter einer Sonne, um die sie die ganze Welt beneidete. Der Gedanke, von hier fortzuziehen, war ihm nie im Entferntesten gekommen. Obwohl Delphine über seine flammenden Reden schmunzeln musste, fand sie im Grunde nichts daran auszusetzen. Die Winkel, die Antoine ihr offenbarte, waren in der Tat wunderbar. Die Vielfalt und die Üppigkeit der Vegetation raubten ihr den Atem. Das türkisfarbene Meer, das hier und da am Ende eines Pfades auftauchte, zog sie derart an, dass sie jederzeit hätte hineinspringen mögen, wie eingesogen von der Unendlichkeit dieses Blaus, das ihr ein Versprechen von Glück und Genuss zu sein schien.

Antoine warnte sie davor, allein in unbewachten Buchten zu baden. Die Vorstellung, es könnte ihr etwas passieren, schien ihn zu erschrecken. Nachdem er ihr bei der ersten Begegnung ziemlich grob begegnet war, legte er nun einen Beschützerinstinkt an den Tag, als wäre sie ein hilfloses Kind.

»Vor allem sollst du nicht allein nachts herumlaufen«, schärfte er ihr ein. »Ich will nicht, dass du überfallen wirst.«

»Es wäre besonders dumm, so lange in Paris gelebt zu haben und dann in Sanary überfallen zu werden.« Sie lachte, aber bei diesem Thema war Antoines Sinn für Humor nicht sehr ausgeprägt.

»Du hast keine Ahnung. In La Seyne gibt es viele Probleme. Drogen, Diebstähle, Gewalt. Hier treibt sich so viel Abschaum herum, der aus den Neubausiedlungen runterkommt und Angst und Schrecken verbreitet. Die sind zu allem fähig.«

»Ich mag das Wort ›Abschaum‹ nicht«, entgegnete sie hart. »Nur weil die Leute arm sind, sind sie noch lange kein Abschaum.«

»Ich meine bloß, dass du auf dich aufpassen sollst.«

Ein oder zwei Mal hatten sie solche Dispute, kurze Momente der Spannung, die sich schnell in dem Bad von Wohlbefinden auflösten, das allmählich Delphines Wunden heilte.

Der unangenehme Gedanke, dass Cyril seine Sachen holen kam und vielleicht im Vorbeigehen auch in ihren wühlte, wurde also durch diesen Tag mit Antoine bedeutend gemildert, und sie wusste, dass er sie schon ungeduldig erwartete.

Sie wollten auf die Île des Embiez fahren, worauf sie sich schon lange freute. Als sie bei Antoine klingelte, war er bereits fix und fertig. In der Diele stand ein dicker, randvoll gefüllter Rucksack bereit. Delphine wollte das Handtuch lüften, das ihren Proviant bedeckte, um zu sehen, was Antoine vorbereitet hatte, aber er hinderte sie daran und überzeugte sie, sich überraschen zu lassen. Er griff nach dem Rucksack und schnappte sich das Fernglas, dann verließen sie das Haus. Er wollte die Fähre nicht verpassen, die Punkt zehn am Hafen von Brusc ablegte. So würden sie den ganzen Tag auf der Insel verbringen können. Sie ließen das Auto nah am Hafen stehen, holten sich Tickets und gingen an Bord. Wie Delphine erwartet hatte, war der Nebel verflogen und hatte einen blauen Himmel enthüllt, an dem ein paar Kumuluswolken trieben. Auf der Fähre setzten sie sich nebeneinander auf eine der langen Holzbänke. Antoine legte den Arm um sie und zog sie an sich. Sie ließ es sich gefallen, stand aber bald auf, ging zum hinteren Ende des Schiffes und versenkte den Blick in die Heckwelle, die durch die Schiffsschraube verursacht wurde. In der Ferne sah man schon die Île des Embiez, die Möwen schrien und der Wind pfiff. Ein verheißungsvoller Tag erwartete Delphine, sie musste sich bloß von den Wellen wiegen lassen und versuchen, an nichts zu denken.

23

Auf dem Heimweg kam sie am Karussell vorbei, und sie blieb einen Moment stehen, um den Kindern zuzuschauen. Die Pferde glitten im Rhythmus der Musik auf und ab, und auf den Gesichtern der Kinder spiegelte sich eine wilde Festtagsfreude. Als sie die Tür zu ihrem Haus aufschloss, ertappte Delphine sich dabei, dass sie vor sich hin summte. »*Tu me fais tourner la tête, mon manège à moi, c'est toi.*« Das alte Lied von Edith Piaf hatte in ihrem Kopf weitergespielt. Eine leichte, eingängige Melodie. Eine hübsche Belanglosigkeit. Ein Sonnenstrahl nach einer Reihe verregneter Tage.

Natürlich hatte sie keine Minute lang vergessen, dass mit diesem Tag ein dreizehnjähriger Abschnitt ihres Lebens zu Ende ging, und war darauf vorbereitet, das Haus verändert zu finden. Aber weil sie sich in Gedanken so gründlich darauf vorbereitet hatte, glaubte sie, dieser Anblick würde sie nicht so stark treffen. Da hatte sie sich gründlich geirrt. Die Leere war erschütternd. Ebenso wie die Nachricht, die Cyril auf ein Post-it gekritzelt hatte.

Außer den Sachen, die in seinem Arbeitszimmer zusammengestellt waren, hatte Cyril das grüne Kissen mit den Blumen aus dem Salon mitgenommen, das sie gemeinsam in einem kleinen Laden im Marais gekauft hatten. Delphine starrte auf das entblößte Sofa. Das Fehlen dieses Kissens schuf plötzlich eine klaffende Lücke in ihrer Existenz. Cyril konnte es einfach nicht genommen haben, ohne sie um Erlaubnis zu fragen. Das war jenseits alles Denkbaren. Er konnte nicht alles genommen haben und noch dazu dieses Kissen. Niemand konnte die Ungeniertheit und Respektlosigkeit so weit treiben. Immer noch im Stehen, den Blick auf das nackte Sofa geheftet, wählte sie Cyrils Nummer und hinterließ eine lange Nachricht. »Dubist nureinverdammterdreckskerlsoeinintellektuellesnichtsdass esjedesvorstellungsvermögenüberschreitetichverstehen ichtwieichdichsolangeliebenkonnteduhastmirjahremei neslebensgeraubtichbinfrohdassduwegbistgottseidankich willdichniemehrseheneingutesrestlicheslebeneuchbeiden.«

Genau diese Botschaft hätte sie ihm gleich am ersten Tag hinterlassen sollen. Nachdem sie aufgelegt hatte, schenkte sie sich einen ordentlichen Schluck Whisky ein und legte eine CD von David Bowie auf. Sie fühlte sich deutlich wohler.

Beim zweiten Whisky suchte sie hektisch ihre Malutensilien, die sie so lange vernachlässigt hatte. Um zehn Uhr abends begann sie zu malen. Sie wusste nicht genau, was für ein Bild es werden würde. Es sollte sowohl die Schönheit dieses Tages, das perfekte Blau des Mittelmeeres, die gebeugten, vom Wind zerzausten Schirmpinien vor dem Himmel mit den kleinen Wölkchen enthalten als auch ihre unermessliche Wut, die nichts mit dieser friedlichen Natur zu tun hatte und sie zugleich so schmerzlich perfekt und absolut machte. Ohne diesen Zorn, diese Entrüstung, die ihr das Herz zerriss, hätte sie Bäume, Wasser und die Sanftheit des Südens gesehen. Aber so, angestachelt von der tiefen Wunde eines Verrats, den sie in ihren schlimmsten Albträumen nicht für möglich gehalten hätte, präsentierten sich die Küste und die Provence als Hohn. Die Welt, wie sie sein sollte, sein konnte, weil alles da war, greifbar war, und die sich dennoch entzog. Die Perfektion ist eine Illusion, die einem die Brust durchbohrt und einen erschöpft verdursten lässt.

Sie malte wütend, warf Tuben mit vertrockneter Farbe weg, fluchte, weil sie sich so lange von ihrer Arbeit abgewandt hatte, dass die einfachsten Bewegungen, die elementarsten Linien unbeholfen waren. Sie hätte jeden Tag üben müssen, ohne zu zögern, ohne zu wanken, tapfer, in Erwartung des Augenblicks, da sich ihr die Dinge schlagartig voller Klarheit öffnen würden. Jetzt, wo sie einen scharfen Strich bräuchte, der dem kleinsten Impuls gehorchte, fand sie sich mit zwei linken Händen wieder, die sich jämmerlich mit den Grundlagen des Handwerks abstrampelten. Sie musste von vorn anfangen. Trotzdem erkannte sie zum ersten Mal irgendetwas, einen Funken, der sie vielleicht weiterbringen würde. Bis fünf Uhr morgens wütete sie vor dem Bild. Dann legte sie sich angezogen und mit Farbe befleckt hin. Sofort versank sie in einen tiefen Schlaf, in dem fast vergessene Gespenster sie besuchten, sich benahmen, als wären sie zu Hause, und sozusagen die Füße auf den Tisch legten.

In den zahlreichen chaotischen Träumen, einem Kaleidoskop von merkwürdigen und außergewöhnlichen Sketchen, erschien ihr zum ersten Mal Pauline. So, wie sie sie nicht gekannt hatte, niemals. Auch nicht die schöne und reife Frau, elegant und besonnen, die sie auf verschiedenen Fotos hatte posieren sehen. Nein, die Frau, die auf dem Bildschirm ihres Unterbewusstseins auftauchte, war jung und überschwänglich, erotisch und verführerisch. Sie spazierte ungezähmt und frei auf dem schmalen Grat eines Felsvorsprungs entlang, die Haare im Wind, lachend über ihre gefährliche Sorglosigkeit, aber als Delphine sie so direkt über dem Abgrund rennen sah, war sie sicher, dass es Pauline war. Ohne jeden Zweifel.

Nach einer ausgedehnten warmen Dusche beschloss sie beim Kaffee, zum Friedhof zu gehen und nachzusehen, ob der Grabstein schon graviert worden war. Die letzten Ereignisse hatten sie derart in Anspruch genommen, dass sie vergessen hatte, den Fortgang ihres Auftrages beim Steinmetz zu verfolgen. Sie hätte schon lange Bescheid bekommen sollen, aber der Handwerker hatte vielleicht andere Aufträge vorgezogen, obwohl er ihr zugesichert hatte, alles in kürzester Zeit zu erledigen. Sie musste sich selbst davon überzeugen, und da sie an den anderen Wochentagen von ihrer Baustelle zu stark in Anspruch genommen war, bot sich der Sonntag an, um sich dieser Pflicht zu entledigen.

Mit der Kaffeetasse in der Hand betrachtete sie vor ihrer Staffelei einen Moment ihr Werk vom Vortag, verzog schließlich das Gesicht und wandte sich ab. Die wilden und ruckartigen, mit Farbe überladenen Windungen gaben ihre komplexen Gefühle nicht wieder, die sie überhaupt erst dazu gebracht hatten, sie auf die Leinwand zu bannen. Nur das Blau, das stellenweise Richtung Schwarz strebte und dabei eine leuchtende Transparenz wahrte, fand vor ihren Augen Gnade. Sie musste die Grundbegriffe wiederholen, Zeichnen, Körperstudien, Formenlehre. Diese im ersten Moment bedrückende Feststellung erfüllte sie mit eigentümlicher Aufregung. Die Lehrzeit, die sie darauf verwenden würde, Dinge, die sich ihrem Blick boten, anzusehen und wiederzugeben, würden keine leeren Stunden sein. Sie würden sie an andere, noch unbekannte Ufer führen. Sie waren Flöße, an die sie sich im Sturm klammern konnte; der Liebesstrudel war nur eine von vielen

Turbulenzen bei der Überquerung des bewegten Ozeans ihres Lebens. Die Demut, die sie vor ihrer Staffelei empfand, flößte ihr neue Energie ein. Sie nahm sich vor, sich der Härte des täglichen Übens zu beugen, ohne das Ergebnis zu kennen, ohne die Gewissheit, je das geringste Resultat zu erzielen. Sie würde es tun, weil dieser Weg der einzig mögliche war, um der Veränderung und dem Licht eine Chance zu geben.

Sie stellte die Tasse ab, griff zum Telefon, rief Simone an und fragte sie, ob sie sie am Nachmittag zum Friedhof begleiten würde.

Dann nahm sie Zeichenpapier und versuchte sich an einem Porträt von Pascha. Draußen setzte ein kleiner, feiner Regen ein, der die Provence wie immer überraschte, da hier Regen geradezu ungehörig wirkte. Die Pflanzen blühten auf und gaben sich stöhnend vor Wonne dieser seltenen Freude hin, während die Menschen wie nach einer persönlichen Kränkung hastig Fenster und Türen zuknallten. Der Regen verwandelte das große Haus in einen Kokon, kleine Tropfen prasselten gegen die Fenster und wiegten Delphine in einer spätnachmittäglichen Musik aus Kindertagen.

Bald lag überall zerknülltes Papier auf dem Boden. Der Kater rekelte sich faul. Delphine vergaß das Mittagessen.

Als sie zum Friedhof fuhr, hatte der Boden das Wasser schon aufgesogen. Die Sonne spielte noch ein wenig Verstecken, würde sich aber bald durchsetzen. Nur eine leichte Abkühlung erinnerte noch an die Regenfluten. Die Umrisse der Île des Embiez hoben sich besonders deutlich vom blaugrauen Horizont ab, das Meer wurde von leichtem

Seegang bewegt. Es duftete nach Pinienzapfen und Mimosen. Delphine holte tief Luft, ehe sie den Friedhof betrat. Die vom roten Staub gereinigten Platanen erhoben sich stolzer als gewöhnlich. Die Gipfel des Hinterlandes färbten sich in der Ferne rot und gelb. In drei Monaten würde sie ihren ersten Winter in Sanary erleben, aber das Gespenst der rauen Jahreszeit wirkte hier wie ein Kinderstreich.

24

Simone erwartete sie vor dem Grab. Sie unterhielt sich angeregt mit einem Mann, den sie Delphine als den Bürgermeister vorstellte. An seiner Seite stand eine kleine rundliche Frau mittleren Alters mit tadelloser Föhnfrisur und einem Mund, dessen Konturen ebenso klar gezeichnet waren wie die der Inseln, wenn das Licht mit Feuchtigkeit aufgeladen ist.

»Ich habe schon viel von Ihnen gehört«, sagte sie und reichte Delphine ihre Hand mit zahlreichen Goldringen. Ihr fester Druck überraschte sie.

»Sehr erfreut.«

»Wenn Sie Architektin sind, interessieren Sie sich bestimmt für das kulturelle Leben von Sanary«, vermutete die Frau des Bürgermeisters. Delphine sah zu Simone und fragte sie, ob sie die Honoratioren so gut über ihre Person informiert hatte, aber Simone war damit beschäftigt, während des Gesprächs mit dem Bürgermeister einen Neuankömmling zu mustern.

Delphine stimmte eilig zu.

»Sehr gut. Ich werde Ihnen eine Einladung zur Vernissage unserer Ausstellung über die deutschen Exilkünstler zukommen lassen. Sicher haben Sie davon gehört.« Delphine wusste nicht, ob sie die Künstler oder die Ausstellung meinte, und begnügte sich mit einem heftigen Nicken.

»Wir sehen uns also spätestens bei der Eröffnung wieder«, sagte die Bürgermeistergattin und ging eilig auf ein älteres Paar zu, das ihr entgegenkam. Ihr Mann folgte ihr auf dem Fuß.

»Hier ist ja mächtig was los«, bemerkte Delphine, als sie mit Simone alleine war.

»Jede Familie hat ihre Toten. Sonntags stattet man ihnen einen Besuch ab. Und nebenbei tauscht man ein paar Höflichkeiten aus. Manche haben sich schon heute früh bei der Messe gesehen.«

»Und treffen sich nachher am Hafen wieder«, ergänzte Delphine lachend.

»Genau. Und wir werden auch da sein. Warum auch nicht? Das ist der beste Ort, um den Sonntagabend zu verbringen, findest du nicht?«

Vor dem Grab kniete eine Frau mit einem blauen Tuch auf dem Kopf, das den größten Teil ihres Haars bedeckte. Sie zupfte an einem kleinen Rosentopf, den sie auf den grauen Stein gestellt hatte.

Pauline Pastorelli, geborene Bouvard 1930–2012 stand jetzt in goldenen, in der Sonne funkelnden Lettern unter dem viel matteren Namen ihres Mannes.

Als Delphine und Simone näher kamen, blickte die Frau hoch und stand mit einem unterdrückten Stöhnen auf. Sie wünschte ihnen einen guten Tag und wollte sich entfernen, aber Delphine hielt sie zurück und stellte sich ihr vor.

»Sie sind die Nichte aus Paris. Das hatte ich mir schon gedacht«, sagte die Frau und ergriff die Hand, die Delphine ihr reichte, nach einem kaum wahrnehmbaren Zögern.

»Es freut mich, Sie kennenzulernen. Waren Sie eine Freundin meiner Tante?«

»Ich war ihre Putzfrau. Madame Martin.«

Delphine lächelte sie freundlich an.

»Ich habe sie sozusagen beerdigt. Eines Morgens war sie tot, und ich habe alles gemacht, was sie mir aufgetragen hatte. Sie hatte nämlich alles geplant, wissen Sie?« Das hatte Delphine nicht gewusst, aber sie nickte eifrig. Simone tat das Gleiche.

»Dafür danke ich Ihnen.« Das schien die angemessene Antwort zu sein.

»Das ist doch selbstverständlich. Ich habe über dreißig Jahre für sie gearbeitet. Sie hat mir in eine Blechbüchse in der Küche Geld für alle Ausgaben gelegt. Den Rest sollte ich behalten. Das habe ich getan.«

»Sehr gut. Hat es denn gereicht?« Instinktiv griff Delphine nach ihrer Tasche, als wollte sie das Scheckheft zücken. Die alte Frau lachte kurz.

»Ja. Es waren«, ein winziges Zögern unterbrach ihren Satz, »siebentausend Euro«, schloss sie schnell.

Delphine sah sie überrascht an. Das kurze Zaudern ließ vermuten, dass Madame Martin schwindelte und ihre Tante in Wirklichkeit viel mehr Geld in diese Büchse gelegt hatte. Aber warum sollte sie die Summe verheimlichen? Glaubte Madame Martin, dass sie Rechenschaft verlangen würde? Auch Simone zog kurz die Augenbrauen hoch, blieb aber stumm.

»Waren viele Leute auf der Beerdigung?«

»Der Pfarrer, der Leichenbestatter, ein paar Nachbarn und ich. Dafür gab es ziemlich viele Kränze.«

Delphine nickte.

»Kannten Sie alle, die einen geschickt hatten?«

»Nein, aber was hat das zu sagen?«

Simone schaute sie ebenfalls fragend an. Delphine

wusste keine Antwort darauf, aber sie erhoffte sich Aufklärung über die Persönlichkeit und die Vergangenheit der Verstorbenen, denn sie hatte nicht das Gefühl, dass aus dem, was sie bislang erfahren hatte, ein klares Bild entstand. Sie spürte keinerlei Vertrautheit, empfing keine Botschaft.

»Standen Sie sich nahe?«, fragte sie die Putzfrau sanft.

»Sie war eine großzügige und verständnisvolle Arbeitgeberin. Die wenigen Male, als ich krank war und nicht kommen konnte, war sie sehr nett zu mir.«

»Wie verbrachte sie ihre Tage?«

»Sie hat noch alle ihre Einkäufe gemacht und gekocht. Manchmal kamen Freundinnen aus Toulon zu Besuch, in letzter Zeit seltener. Manche waren vielleicht gestorben, ich weiß es nicht. Madame Pastorelli war nicht sehr redselig.«

»Man kann auch dann und wann etwas erzählen, ohne redselig zu sein«, sagte Simone in einem Ton, der ihre Ungeduld nur schlecht verbarg. »Manchmal vertrauen sich Frauen untereinander doch dies und das an. Vor allem, wenn sie sich gut kennen.« Sie zwinkerte ihr verständnisinnig zu. Madame Martin antwortete mit einem Lächeln.

»Doch, doch, sie hat schon gesprochen. Von ihrem Garten, von dieser oder jener Blume, die aufgeblüht war. Von der Sonne, vom Regen. Manchmal hat sie sich auch ganz freundlich über die Schrullen der Leute lustig gemacht. Knauserigkeit zum Beispiel machte sie rasend. Auch üble Nachrede. Sie war eine temperamentvolle Frau. Sie ist jeden Tag baden gegangen, bis sie achtundsiebzig war.« Ihre Augen glänzten bei der Schilderung von Paulines Heldentaten. Während sie sprach, fummelte sie ungeschickt an ihrem Tuch herum, damit es hielt. Hatte sie etwa Lockenwickler darunter? Gab es tatsächlich noch Frauen, die ihre Haare um diese scheußlichen Rollen wickelten?

Madame Martin wartete offenkundig darauf, endlich gehen zu können. Aber Delphine wusste, dass sie diese Gelegenheit nutzen musste, dass die bescheidene Angestellte womöglich der einzige Schlüssel war, um ihre Tante zu verstehen. Sie musste schnell die richtige Frage stellen, aber was war die richtige? Die Uhr tickte.

»Glauben Sie, dass sie einen Freund hatte?«, erkundigte sie sich.

»Sie meinen, ein Mann in ihrem Leben?«

»Ja.«

»Das kann ich Ihnen nicht sagen, aber sie ist ziemlich oft mit ihrem kleinen Auto weggefahren. Aber ich weiß nichts über die Besuche, die sie möglicherweise empfing. Ich war ja nicht die ganze Zeit bei ihr.«

Delphine strahlte.

»Na dann, guten Abend und vielen Dank! Danke für alles, was Sie für Pauline Pastorelli getan haben. Ich bin Ihnen wirklich sehr dankbar.« Auch wenn ihr Madame Martin nicht mal einen Bruchteil von dem erzählt hatte, was sie wusste, und ihr Verhalten ziemlich undurchsichtig war, bemühte sie sich um einen warmherzigen Ton. Es schien ihr wichtig, einen guten Draht zu der Hausangestellten zu haben, die bisher die Einzige war, die die alte Dame gut gekannt hatte. Madame Martin verschwand eilig, mit einem schüchternen, beinahe widerwilligen Gruß.

»Sie hatte wahrscheinlich einen Freund«, bemerkte Simone, nachdem Madame Martin sich entfernt hatte.

»Ja, aber warum hat sie nicht mit ihm zusammengelebt?

Pastorelli war schon so lange tot. Sie hatte nichts zu verbergen.«

»Vielleicht hatte sie keine Lust. Es gibt doch Leute, die gern allein leben.«

»Lebst du gern allein?«

»Eigentlich ja«, antwortete Simone nach einer längeren Denkpause. »Es gefällt mir, dass ich essen kann, was ich will und wann ich will, dass ich mein Fernsehprogramm allein wählen kann. Allein zu schlafen ist weniger schön.«

»Warst du lange verheiratet?«

»Fünfundvierzig Jahre.«

Delphine sperrte die Augen auf, hatte aber keine Zeit, etwas zu sagen, weil sie gerade Antoine hinter einem Grabmal auftauchen sah. Er war in Begleitung einer an seinen Arm geklammerten alten Dame. Sobald der Tierarzt Delphine erblickte, strahlte sein Gesicht. Die Augen der alten Dame hingegen musterten sie von Fuß bis Kopf, ohne dass ihr das leiseste Detail entgangen wäre.

»Na, so was aber!«, rief Antoine. »Mama, das ist Delphine. Ich habe dir schon von ihr erzählt.«

Delphine streckte Madame Ceccaldi die Hand hin, die diese schlaff drückte, wobei ihr Blick Delphine immer noch durchbohrte.

»Madame.«

Delphine tat so, als merkte sie nichts, und stellte ihrerseits Simone vor, die sich ein Lächeln und ein Kopfnicken abrang. Es war eindeutig, dass die beiden Frauen sich kannten und dass es zwischen ihnen nicht zum Besten stand.

»Kümmern Sie sich um das Grab Ihrer Tante?«, fragte Antoine.

Delphine, erstaunt darüber, dass Antoine sie plötzlich wieder siezte, nickte nur.

»Und Sie?«

»Wir pflegen das Grab meines lieben verschiedenen Ehegatten, wie jeden Sonntag«, kam die Alte ihrem Sohn zuvor. »Wenn Sie uns jetzt entschuldigen mögen …«

Sie krallte sich wieder in seinen Arm, stützte sich auf ihn und stakste langsam davon. Antoine drehte sich noch einmal um und winkte, dabei zuckte er mit den Schultern, um sein Bedauern auszudrücken. Dann führte er sie behutsam den kleinen Weg entlang, wo die Schatten der Kreuze mit jeder Minute länger wurden.

»Die war ja nicht sehr freundlich«, meinte Delphine, als die beiden Silhouetten in einen Seitenweg abgebogen waren.

»Noch nie.«

»Kennst du sie gut?«, fragte Delphine.

Simone zuckte nur mit den Achseln, wie sie es immer tat, wenn sie keine Lust hatte, richtig zu antworten. »Man kennt die meisten Leute hier mehr oder weniger. Und du, wie gut kennst du denn ihren Sohn?«

»Er hat Pascha gerettet, und ich finde ihn nett.«

Simone nickte und musterte sie eindringlich.

Eine kleine Brise kam auf, wirbelte ein wenig roten Staub auf und ließ die Platanen erzittern. Die beiden Frauen beschlossen, dass sie sich ihren Sonntagsaperitif redlich verdient hatten, und gingen hurtig zum Café de la Marine.

Als sie sich auf die Terrasse setzten, ließ die Sonne ihre schöne strahlende Rundung ins Meer gleiten, wie eine Schwangere, die in ihr Bad eintaucht.

25

Am darauffolgenden Tag hatte Delphine Schwierigkeiten, sich auf ihre Arbeit zu konzentrieren. Bilder von Cyril und Laureen tanzten hinterhältig vor ihren Augen. So beschloss sie am Nachmittag, ein wenig rauszugehen, um auf andere Gedanken zu kommen. In der Nähe des Musikpavillons bemerkte sie einen kleinen Trödelmarkt, wo alte Bücher, Zeichnungen und Gravuren verkauft wurden. Zu dieser Tageszeit waren hier nur wenig Menschen. Ein paar geschniegelte Rentner hatten den kleinen Markt zum Vorwand für ihren täglichen Spaziergang gemacht und blätterten nun zerstreut in vergilbten Bänden, die nach Feuchtigkeit rochen. Delphine blieb einen Moment vor einem Karton mit *Beaux Arts*-Magazinen aus den siebziger Jahren stehen. Sie überlegte, ob sie eines davon erstehen sollte, das sich mit Innenarchitektur befasste, da erblickte sie César Chéreau, der in die Betrachtung von Fotografien von Sanary in den dreißiger Jahren versunken war.

Sie grüßte ihn kurz.

»Oh, guten Tag«, antwortete er. »Die tapfere Familienforscherin!«

Da platzte plötzlich die ganze Frustration dieses verlorenen Arbeitstages und die Traurigkeit, die sie ständig zu verdrängen suchte, aus ihr heraus.

»Und Sie, Sie sind in einem fort mit den dreißiger Jahren beschäftigt, was Sie nicht daran hindert, über Monsieur Balmain zu lästern. Sie leiden nicht nur an einer

Zwangsneurose, sondern sind außerdem ein selbstgefälliger Provokateur.«

»Ist das alles?«

»Sie machen sich über Gott und die Welt lustig, als wären Sie der einzige intelligente Mensch auf Erden. Da können doch alle anderen gleich einpacken. Es gibt nur Sie, Sanary und die Exilliteratur – die, unter uns gesagt, nicht die bedeutendste Literatur des Jahrhunderts war.«

Sie hatte schon so lange Lust gehabt, ihm all das ins Gesicht zu schleudern, selbst wenn sie sich danach einen neuen Buchladen suchen müsste.

»Die Exilliteratur ist oft autobiographisch und manchmal ungeschickt«, sagte Chéreau ruhig. Sein Lächeln war verschwunden. »Viele Autoren hatten Schwierigkeiten, Abstand zu gewinnen von ihren täglichen, meist bitteren Erfahrungen. Aber diese Lebensberichte sind fesselnd und haben mich trotz all ihrer künstlerischen Schwächen gelehrt, niemals das Handtuch zu werfen. Um zu überleben, durften sie niemals der Verzweiflung, die in dieser Situation mehr als natürlich war, nachgeben.«

Jetzt sprach er laut und schnell. Nie hatte Delphine ihn so gereizt erlebt. Die von dem scharfen Ton alarmierten Rentner und Händler ringsum lauschten unverhohlen neugierig.

»Nehmen Sie den Fall von Walter Benjamin. Nach dem Waffenstillstand wollte er aus Frankreich über die Pyrenäen fliehen, weil es hier für ihn zu gefährlich geworden war. Ein Ehepaar, das die Gegend wie seine Westentasche kannte, brachte damals unter Einsatz des eigenen Lebens Nazigegner auf Feldwegen über die Berge nach Spanien. An jenem Abend hatten Benjamin und seine Reisegefährten kein Glück. Sie wurden an der spanischen Grenze verhaftet. Die spanische Regierung hatte eine neue Direktive erlassen, nach der alle Flüchtlinge nach Frankreich zurückgeschickt werden mussten. In der Nacht nahm sich Walter Benjamin in seiner Verzweiflung das Leben. Am nächsten Tag durften seine Fluchtgefährten nach Spanien einreisen. Die neue Direktive ist nie angewandt worden. Vielleicht war sie schon wieder aufgehoben, als Walter Benjamin starb. Und das ist nur eine von vielen ähnlichen Geschichten.«

Trotz ihres Ärgers hatte Delphine aufmerksam zugehört. Die Geschichte ging ihr nahe.

»Selbst die winzigste Chance kann man noch ergreifen«, fuhr er in etwas ruhigerem Ton fort. »Man muss bis zum Schluss kämpfen. Hingegen macht es nicht den kleinsten Unterschied, ob Sie dabei gut gelaunt sind oder ob Sie schmollen«, fügte er noch hinzu, und dabei war wieder sein leicht ironischer Ton zu hören.

»Sie finden, ich lache zu viel. Dazu kann ich nur sagen: Verzweifelt zu sein ist nicht schwer. Jeder Idiot mit einem winzigen Funken Verstand ist es. Die menschliche Situation als solche ist unerträglich. Sie brauchen nur eine Zeitung zu öffnen, um zu verzweifeln. Oder Ihre alten Eltern im Krankenhaus zu besuchen. Wir sterben entweder zu jung oder gedemütigt von den Lasten des Alterns. Mit dieser Gewissheit bewundere ich alle Menschen, die lachen und die andere zum Lachen bringen. Tiefsinnige Sätze über all das Inakzeptable, Unlösbare und Erniedrigende im Leben kann jeder von sich geben, das ist ein Kinderspiel. Aber das unendlich Komische in den meisten Situationen zu erkennen, das Detail, das alles absurd werden lässt, und diese Entdeckung mit anderen zu teilen, das ist eine Form des Widerstands.«

Ohne Delphine Zeit zu geben, sich zu äußern, ging

er mit langen Schritten in Richtung seines Buchladens davon. Delphine war darüber nicht unglücklich, denn sie hätte sowieso nicht gewusst, was sie darauf antworten sollte. Sie blickte ihm nur verblüfft hinterher.

26

Mit dem Spaten grub Delphine ein kleines Stück Boden dicht am Haus um, wo sie Kräuter pflanzen wollte. Als sie fertig war, schnaufte sie. Die Erde war hart und fest und hatte sich nicht ohne weiteres aufbrechen lassen. Aber die körperliche Anstrengung tat ihr gut.

Sie leerte den Sack mit Pflanzerde, die sie mit einer Harke verteilte. Als sie das letzte Loch aushob, in das sie Salbei pflanzen wollte, läuteten in der Ferne die Glocken der Saint-Nazaire-Kirche. Sie beendete ihre Arbeit, zog sich rasch um und sprang ins Auto, wobei sie versehentlich auf die Hupe drückte, die gänzlich unpassend die träge Stille des Gässchens durchbrach. François geriet auf seinem Fahrrad vor Schreck ins Wanken und warf ihr einen verstörten Blick zu.

Die Arbeiten im Atelier von Monsieur Bosc waren gut vorangekommen. Die italienischen Fliesen, die endlich geliefert und verlegt worden waren, verliehen der Küche toskanisches Flair. Der Elektriker hatte alle Leitungen unter Putz gelegt und die Schalter angebracht. Der Klempner hatte die Wasserzuflüsse so eingebaut, wie Delphine es ihm gezeigt hatte. Am nächsten Tag würde er den Waschtisch einsetzen, sobald der Tischler, mit dem Delphine jetzt verabredet war, die Arbeitsplatte angebracht hatte. Die Maler waren mit den letzten Arbeiten um den Kamin herum beschäftigt. Am Nachmittag wollte Delphine nach Marseille fahren, wo sie die Lampen und Wandleuchten bestellt hatte. Bei dieser Gelegenheit würde sie auch ein paar Muster für Vorhänge besorgen, die zur warmen Atmosphäre der Küche passten. Sie hatte sich angewöhnt, Abstecher nach Marseille oder Toulon zu machen, um dort ihre Einrichtung zusammenzusuchen. Mittlerweile kannte sie sich dort gut aus. Sie kannte alle Wege, die Parkplätze und Baustellen, wusste, welche Straßen sie meiden musste, um nicht im Stau zu stehen. Von den Geschäften, mit denen sie zusammenarbeitete, bekam sie Sonderpreise.

Es machte sie stolz, zu sehen, wie ihre Ideen umgesetzt wurden. Das würde gewiss eine der schönsten Küchen der Welt werden. Sie hatte sich nicht geirrt, als sie die Pläne entwarf. Die Proportionen waren harmonisch, die Farbtöne elegant. Zum ersten Mal hatte sie arbeiten können, ohne auf die Ausgaben zu achten, ausschließlich von ästhetischen Erwägungen geleitet. Sogar die Handwerker schienen beeindruckt. Delphine kam es so vor, als würden sie mit mehr Eifer als sonst alle Nachbesserungen vornehmen, um eine einwandfreie Arbeit zu liefern. Einer von ihnen pfiff sogar beim Arbeiten eine kleine Melodie vor sich hin.

»Weiter so«, sagte sie, ehe sie die Baustelle verließ und ins Auto stieg.

»Auf Wiedersehen, Chef«, antwortete einer der Maler lachend. »Bis bald.«

Auf der Rückfahrt kaufte sie in einem Supermarkt Zutaten für mehrere Zitronentorten mit Baiserüberzug, die sie wie versprochen am nächsten Tag auf dem Wohltätigkeitsbasar für die neue Kinderkrippe verkaufen würde. Den Rest des Nachmittags verbrachte sie mit Backen. Pascha war extra dafür früher von seiner Mäusejagd zurückgekommen und verfolgte aufmerksam, was sie tat.

Sie hatte sich die Schürze in provenzalischen Farben umgebunden, die sie in ihrer ersten Woche in Sanary auf dem Markt gekauft hatte, und machte sich unbeschwert und mit Freude in ihrem Haus zu schaffen. Seit Cyril seine Sachen abgeholt hatte, hatte sie noch mehr Platz. Sie hatte das Gefühl von Leere überwunden, und jetzt gefiel es ihr, allein in dem Haus zu sein. Zum ersten Mal fühlte sie sich hier wirklich heimisch. Sie hatten sich aneinander gewöhnt, das Haus und sie. Unmerklich war sie wahrhaftig zur Eigentümerin geworden, nachdem sie in den ersten Monaten das Gefühl gehabt hatte, nur eine Rolle zu spielen.

Eine leichte Abendbrise bewegte die Vorhänge. Als sie die Eier in eine große Schüssel schlug, fühlte sie sich so erfüllt wie selten in ihrem Leben.

27

Ballons in allen Farben tanzten am Himmel. Drei kleine Prinzessinnen sangen einen Abzählreim. Ihre dünnen Stimmchen mischten sich mit anderen, die in der Hitze des Spiels Befehle erteilten, sich Gehör zu verschaffen suchten oder ihre Kameraden neckten, deren Antworten sie um einige Dezibel überboten. Hier musste man Mut und eine ordentliche Dosis guten Willen aufbringen, um freundlich zu lächeln. Delphine schaffte es. Sie verteilte Tortenstücke und kassierte, als hätte sie ihr Leben lang davon geträumt, inmitten einer erhitzten Kinderschar einen Verkaufsstand zu betreiben. Ihre Mitarbeiterin, eine robuste Frau mit starkem okzitanischem Akzent, schwatzte unaufhörlich mit den Kunden, und wenn diese einige Minuten lang ausblieben, wandte sie sich an Delphine und fragte sie über ihr Leben und ihre Arbeit aus. Delphine antwortete zerstreut, während sie das wüste Treiben um sie herum verfolgte.

Ihr Stand war nur einer von vielen. Viele Geschäftsinhaber hatten Waren gestiftet, die Freiwillige nun zum Verkauf anboten. Eltern hatten Spiele organisiert. Jugendliche boten Tombola-Lose feil. Der Basar dehnte sich über den Hof der neuen Kinderkrippe bis hin zu dem kleinen, von Platanen umsäumten Platz. Delphine stellte fest, dass sie schon viele Teilnehmer der Veranstaltung kannte. Gleich bei ihrer Ankunft war sie herzlich von der Frau des Bürgermeisters begrüßt worden, die ein paar Meter von ihr entfernt provenzalische Tischdecken und Servietten verkaufte. Sie schien sich inmitten dieser bunten Menge wie ein Fisch im Wasser zu fühlen und sprach mit jedem ihrer Mitbürger, als ob eine besondere Seelenverwandtschaft sie miteinander verbinde. Ihr Mann hatte eine kleine, von Applaus gekrönte Rede gehalten, bevor er das rote Band durchschnitt und die neue Einrichtung zur Besichtigung freigab. Mit einem Stich im Herzen hatte Delphine die nagelneuen Räume für die Kleinsten durchlaufen, die sofort von einer Schar Kinder in Beschlag genommen wurden. Verstohlen beobachtete sie die Mütter mit zwei, drei und sogar vier Kindern, fragte sich, warum sie es nicht fertiggebracht hatte, wenigstens eines zu bekommen. Wenn man die Frauen sah, von denen einige schon wieder schwanger waren und die sich leichtfüßig zwischen Schaukelpferden, Matratzen und Dreirädern einen Weg bahnten, ihren Nachwuchs überwachten und gleichzeitig mit den Erzieherinnen diskutierten, dann konnte es doch nicht so schwer sein, in diese von kindlichen Bedürfnissen bestimmte Welt einzutauchen und darin aufzugehen. Wie hatte sie es nur geschafft, alle Gelegenheiten zu verpassen? Sie hatte sich von Cyril zum Narren halten lassen und zu lange gewartet, weil sie seinen Wunsch respektieren wollte, noch ein wenig Zeit mit ihr alleine zu verbringen. »Ich fühle mich noch nicht bereit – warum die Dinge überstürzen, geben wir uns noch ein bisschen Zeit, um unsere Beziehung zu festigen.« Und jetzt, von einem bösen Zaubertrick des Schicksals verhext, stand sie ohne Kind und ohne Liebe da, während die anderen Frauen in aller Ruhe ihr Leben aufgebaut hatten.

Die Kirchenglocken von Saint-Nazaire läuteten halb zwölf, als Monsieur Balmain vor Delphine auftauchte und umständlich ein Pistazienbaiser auswählte. Er drohte in einen seiner langen Monologe auszubrechen, wurde aber von François beiseitegeschoben, der ein Stück Schokoladentorte für seine zweijährige Enkelin kaufen wollte. Die Kleine starrte Delphine aus ihren blauen, von langen schwarzen Wimpern umrahmten Augen fasziniert an.

Um kurz nach zwölf vertraute Delphine den Stand ihrer unermüdlichen Mitstreiterin an und ging auf die Suche nach einem Stuhl, wo sie ihre Beine einen Moment lang ausstrecken könnte. Sie fand ein Plätzchen auf einer der Bänke unter den Platanen in der Mitte des kleinen Platzes und ließ sich mit einem wohligen Seufzer nieder.

Das Treiben hatte sich ein wenig gelegt. Eine nach der anderen gingen die Mütter nach Hause, um das Essen vorzubereiten. Delphines Augen verfolgten eine junge Mutter, die ein schlafendes Baby trug und langsam in Begleitung von François, der seine Enkelin an der Hand führte, den Platz verließ.

Ihr Blick blieb an der Tür des Schönheitsinstituts hängen, die in diesem Augenblick aufging. Auf der Schwelle erschien Victor Pastorellis Tochter, gefolgt von einer etwa zwanzigjährigen Frau. Während sie die Tür verriegelte, unterhielt sich Jacqueline – Delphine fiel auf, dass sie ihren Nachnamen nicht kannte – weiter mit der Blondine, und dann gingen die beiden Frauen den mit Kopfsteinpflaster belegten Weg zur Hafenpromenade hinunter. Auf Höhe der Bäckerei stießen sie auf Simone Léandri, die ihnen entgegenkam. Die beiden Frauen blieben stehen und begrüßten Simone, die ihren breitrandigen Strohhut aufhatte. Das junge Mädchen schien eine amüsante Bemerkung gemacht zu haben, denn die beiden Frauen brachen in ein gemeinsames Lachen aus, bevor sie sich trennten.

Ein Stich von Eifersucht durchfuhr Delphine. Es störte sie, ihre einzige Freundin so vertraut mit der Frau umgehen zu sehen, die ihr so offen feindlich gesinnt war. Das ist doch völlig albern, rief sie sich innerlich zur Vernunft. Die Welt in unserer Abwesenheit funktionieren zu sehen ist immer befremdlich, nicht so sehr, weil man Kabalen befürchtet, sondern weil es einen Vorgeschmack auf den Tod gibt.

»Ich versuche schon die ganze Zeit zu verstehen, was Sie mit so viel Interesse verfolgen«, ertönte hinter ihr eine Stimme. César Chéreau ließ sich neben ihr auf der Bank nieder.

»Sie wirken völlig fasziniert, aber es ist mir ein Rätsel, wovon.«

Er starrte das Gässchen hinunter, wo es tatsächlich nichts zu sehen gab.

»Ich wusste gar nicht, dass Sie auch hier sind«, erwiderte Delphine, ohne auf seine Frage einzugehen.

»Sie haben uns dort hinten einen Platz zugewiesen.«

Sein Zeigefinger wies auf einen Stand, der halb verdeckt war von dem Sandsteinbrunnen. Der Brunnen wurde gekrönt von der Statue eines Mädchens mit bauschigem Kleid, das einen Krug im Arm hielt, aus dem das Wasser ins Becken floss. César Chéreaus Sohn, dem Delphine schon im Buchladen begegnet war, verkaufte gerade zwei illustrierte Kinderbücher an den Herrn Bürgermeister höchstpersönlich. Der junge Mann trug eine Latzhose und ein T-Shirt in kreischenden Farben, sein Körper schien ständig in Bewegung. Zwei Mädchen taten so, als ob sie sich für die Bücher interessierten, aber sie waren ganz offensichtlich mehr von ihm angezogen als von der Literatur.

»Ihr Sohn arbeitet mit Ihnen zusammen?«

»Er hilft manchmal aus, wenn Not am Mann ist. Ich bezahle ihn ein bisschen, was seinen Eifer ausgesprochen anspornt.«

Auf Césars Gesicht erschien ein amüsiertes, aber zärtliches Lächeln.

»Er muss erst noch sein Abi machen, er ist ja erst sechzehn. Danach will er Journalist werden – aber das kann sich noch ändern.«

Während er mit Delphine sprach, richtete er sich auf und verfolgte mit zunehmender Konzentration die Bewegungen um den Stand herum. Kaum hatte er seinen Satz zu Ende gesprochen, da sauste er, laut »Scheiße« brüllend, los. Ein Typ mit einer schwarzen Motorradjacke, der um den Stand herumgelungert hatte, entfernte sich eiligen Schrittes. Sobald er César auf sich zurennen sah, schoss er seinerseits wie ein wildgewordener Hase los und rannte dabei einen kleinen Jungen um, der plärrend auf dem Bauch landete. Delphine war aufgesprungen, konnte aber nur tatenlos die ganze Szene beobachten.

28

Nachdem sie ihren Stand aufgeräumt und sich von ihrer Mitstreiterin verabschiedet hatte, ging Delphine erschöpft nach Hause. Sie duschte ausgiebig, legte sich im Morgenmantel aufs Sofa und hörte eine Platte von Ravi Shankar, der sie immer in eine andere Welt versetzte. Schließlich zog sie sich an und ging zu ihrem Rendezvous mit Antoine. Sie hatte es eilig, sich endlich auf einer Terrasse am Hafen niederzulassen und ein gutes Glas Weißwein zu genießen, dem Sonnenuntergang zuzuschauen und an gar nichts zu denken.

Ehe sie sich auf der Terrasse des Café de la Marine niederließen, machten sie noch einen Abstecher zur Buchhandlung, denn Delphine wollte sichergehen, dass César Chéreau nichts zugestoßen war, und ihn fragen, ob er den Bücherdieb, den er durch die halbe Altstadt gejagt hatte, schließlich gestellt hatte.

Aber sobald sie in Begleitung von Antoine die Schwelle der Buchhandlung überschritten hatte, verdüsterte sich César Chéreaus Gesicht, und er begrüßte sie ausgesprochen kühl.

»Ich wollte mich nur erkundigen, wie es Ihnen geht, nach dem, was vorhin vorgefallen ist. – Kennen Sie sich?«, fragte Delphine und wies auf Antoine, der höflich lächelte.

Das Nicken des Buchhändlers konnte sowohl als Gruß als auch als Zustimmung gelten. Dann begann er mit einem jungen Mann ein Gespräch über die Ausstellung über die deutschen Schriftsteller, die wenige Wochen später im Rathaus eröffnet werden sollte. Verwirrt über den unfreundlichen Empfang, wählte Delphine schnell einen Krimi, der auf einem der Tische nahe beim Eingang lag, zahlte und verließ zusammen mit Antoine den Laden. Sie fragte sich, was für eine Laus César Chéreau über die Leber gelaufen sein mochte. War er womöglich eifersüchtig, oder hatte er einfach schlechte Laune? Sonst war er doch immer für einen Witz zu haben, liebenswürdig und auch ein klein wenig geschwätzig.

Beim Anblick des Sonnenuntergangs und nach einem Schluck Weißwein vergaß sie den Zwischenfall rasch, zumal Antoine anscheinend nichts bemerkt hatte und sich wieder einmal als charmanter Gesprächspartner erwies. Die Marotten von Haustierbesitzern waren eines seiner bevorzugten Themen, und er verfügte über einen unerschöpflichen Vorrat von Anekdoten. Diesmal konnte Delphine ihn ebenfalls zum Lachen bringen, als sie einige der Szenen mimte, die sich im Laufe des Einweihungsfestes zugetragen hatten. Sie fragte Antoine, ob er tatsächlich jeden Sonntag mit seiner Mutter auf den Friedhof ging, aber er wischte ihre Bemerkung mit einer Handbewegung beiseite, warum sollte man einer alten Dame keine Freude machen, man muss seine Eltern ehren, sie unterstützen und ertragen. Ein kleines Lachen. Fand sie das nicht auch? Sie wusste nicht, vielleicht hatte sie gerade keine Lust, darüber nachzudenken.

Sie waren bei ihrem zweiten Glas Wein, als ihr Abend unerwartet durch einen Anruf beendet wurde, mit dem der Tierarzt zur komplizierten Entbindung einer Hündin gerufen wurde. Er brachte Delphine bis zum Boulevard Courbet, wo sie den Höhenweg einschlug, der am Meer entlangführte. In den kleinen silberschwarzen Wellen spiegelten sich die bunten Lichter, die eins nach dem anderen im Hafen angegangen waren und jetzt im Wind hin und her tanzten.

In der Nacht geriet die Garrigue in Brand. Als die Bewohner von Sanary in der Ferne die Sirenen hörten, glaubten sie zuerst, eine Scheune oder ein Schafstall in den Bergen habe Feuer gefangen, und drehten sich einfach auf die andere Seite. Aber bald konnten sich selbst die Phlegmatischsten nicht mehr an ihren Schlaf klammern. Pausenlos flogen die Löschflugzeuge über die Stadt, um in immer schnellerem Rhythmus Wasser zu tanken. Zum großen Leidwesen der Feuerwehr war am frühen Abend der Mistral aufgekommen, der die Feuersbrunst schürte und unberechenbar machte. Wie ihre Nachbarn wurde auch Delphine durch die Rufe auf der Straße und das Dröhnen der Flugzeuge geweckt. Ein starker Brandgeruch ließ sie ans Fenster stürzen. Über der Anhöhe von Lançon sah sie den orange glühenden Horizont, der einer brennenden Schlange glich. Dichter Rauch stieg zum Himmel auf, verdüsterte zeitweise die Flammen und ließ sie fast verschwinden, ehe sie etwas weiter in einer vom Wind geöffneten Bresche umso heftiger aufloderten. Gebannt starrte Delphine auf dieses furchterregende Schauspiel. Wäre nicht der durchdringende Geruch gewesen, hätte sie geglaubt, einen Albtraum zu durchleben. Sie zog rasch eine Hose und einen Pullover an und ging hinaus auf die Straße, wo sich schon einige Nachbarn versammelt hatten, als hätten sie sich zu einer seltsamen Nachtwache getroffen. Sie erkannte Madame Fortunat, mit der sie gesprochen hatte, als sie Pascha suchte, und ihren Mann. Sie nickten einander zu. Worte wurden kaum gewechselt. Alle starrten auf das Ballett der Löschflugzeuge, die riesige Wassermengen abwarfen, ohne dass es den entfesselten Fenerdrachen zu stören schien. Niemand konnte erklären, wie das Feuer entstanden war. Zu dieser Jahreszeit brannte es nur selten, man hatte sich schon in Sicherheit gewähnt und war froh, dass der Sommer ohne größere Brände vorübergegangen war. Wahrscheinlich hatte jemand mit Feuer gespielt. Jedes Jahr gab es ein paar Pyromanen, die sich ihrer makabren Leidenschaft hingaben.

Sie standen beieinander, verbunden durch ihre Ohnmacht, die sie zornig machte. Sie hätten gern irgendetwas getan, Eimer geholt, eine Kette gebildet und die ganze Nacht durchgearbeitet. Aber das war natürlich unmöglich. Es war entsetzlich, zuzuschauen, wie das Feuer Hektar um Hektar des Waldes fraß, ohne etwas dagegen tun zu können. Ob wohl auch Häuser brannten? Man wusste es nicht. Jeder hätte zurück ins Bett gehen können. Auf der Straße versammelt waren sie auch nicht nützlicher, aber keiner machte den ersten Schritt. Erst um drei Uhr morgens, als die Löschflüge seltener wurden und die brennende Schlange einigen isolierten Brandherden wich, gingen sie auseinander.

29

Am nächsten Tag erwachten die Sanaryer in einer Stadt, die von einem Mondhügel überragt wurde. Aus dem Pinienwald mit seinen Harz- und Lavendeldüften war eine trostlose Einöde geworden. Der Brandgeruch zog immer noch durch die Gassen, und die gedrückte Stimmung dämpfte die gewohnte Betriebsamkeit, obwohl weder Tote noch zerstörte Häuser zu beklagen waren. Beim Bäcker und in den Cafés diskutierte man darüber, wie lange es dauern würde, bis sich der Wald wieder erholt hatte. Man dachte auch an die vielen Tiere, die in dieser entsetzlichen Nacht verendet waren. Das Bild der Flammen hatte sich in die Netzhaut der Sanaryer eingebrannt.

Von der Straße nach Marseille aus konnte Delphine das Ausmaß der Katastrophe noch deutlicher erkennen. Verkohlte Bäume reckten ihre Stummel in den unbarmherzig blauen Himmel, der ihnen nicht beigestanden hatte. Die Natur schien tot, von einem Aschemeer überflutet. Und dennoch würde es nur zwei Jahre dauern, bis der Wald aus dieser Verwüstung auferstanden war.

In Marseille machte sie die letzten Einkäufe für den Umbau bei Monsieur Bosc. Sie nutzte die Gelegenheit, um sich ein Abendkleid, Schuhe und ein neues Sofakissen zu kaufen.

Als sie dem Dauerstau um den Vieux Port und die Canebière entronnen war, nahm sie die Uferstraße, wo man von den Anhöhen von Cassis weit über die Küste sehen konnte. Sie parkte, stieg aus dem Wagen und holte tief Luft.

Als sie wieder zu Hause war, bekam sie Lust zu malen. Sie musste das Feuer auf der Leinwand festhalten. Nicht das Feuer, das sie am Vorabend gesehen hatte, sondern die Vorstellung des Feuers. Die atemberaubende Feuersbrunst der Welt. Ihrer Welt. Erst um Mitternacht hielt sie benommen inne, torkelte beinahe in die Küche und verschlang im Stehen eine Scheibe Schinken. Ihre Gedanken waren weder bei dem, was sie aß, noch bei den Ereignissen des Tages, nicht einmal bei ihrem Bild. Sie dachte nicht mehr. Ihre Gedanken hatte einem anderen Bewusstseinszustand Platz gemacht, weit weg von Urteilen und Gefühlen. In diesem neuen inneren Bezirk gab es weder Reue noch Gewissensbisse. Die Vergangenheit war nur noch eine Abfolge von Handlungen und Zwischenfällen, die Delphine wie ein Zuschauer im Theater verfolgte.

Das Feuer, ihr leerer Mutterleib, die Wüste da oben auf dem Hügel, Läuterung und Naturkatastrophe. Sie brauchte nicht eine Leinwand, sondern vier. Eine fette Katze, die mit gefletschten Zähnen gefräßig die Welt verschlingt. Das Beruhigende, das sich als unheimlich entpuppt. Das züngelnde, treibende, explodierende Feuer. Das Feuer, das zum Sichhineinwerfen einlädt, mit dem man eins werden möchte, pure Kraft, gleißende, blendende Verführung. Ein nackter Frauenkörper, erschöpft am Boden liegend. Ein Frauenkörper.

30

Wenige Tage später wurde die Ausstellung über die Exilschriftsteller eröffnet, von der man in der Stadt so viel gesprochen hatte. Alle in irgendeiner Weise wichtigen Persönlichkeiten aus Sanary waren zu diesem Ereignis geladen. Delphine, die ebenfalls eine Einladung auf edlem Papier erhalten hatte, durfte auf keinen Fall fernbleiben, zumal sie am Vortag einen neuen Auftrag erhalten hatte, und zwar dank der Empfehlung des Bürgermeisters persönlich. In dem schwarzen Etuikleid, das sie in Marseille gekauft hatte, betrat sie mit Simone am Arm den Ausstellungssaal. Die alte Dame hatte sich wie alle Anwesenden elegant gekleidet, und auf den hohen Absätzen ging sie unsicher. Da Delphine besorgt war, Simone könnte stürzen, hatte sie sich angeboten, sie zwischen allen Hindernissen und Fallstricken hindurchzugeleiten. Sie erfüllte diese Aufgabe mit größter Diskretion.

Die zwei Frauen hatten gerade den dritten Schaukasten erreicht, in dem die gesamte Familie Mann vorgestellt wurde, als hinter einem Pfeiler ein großer, beleibter Herr in hellem Anzug und mit Panamahut auftauchte und auf ein wenig unsicheren Beinen direkt auf sie zukam. Simone strahlte ihn an.

»Doktor Hortensia. Was machen Sie denn hier?«

»Ich bin auf Hochzeitsreise, meine kleine Simone«, antwortete er. Er lachte über ihr verdutztes Gesicht. »Sie haben es mir geglaubt, geben Sie es zu.«

»Ihnen traue ich alles zu.«

»Und da haben Sie völlig recht. Im Grunde sind wir alle zu allem fähig.« Der Mann, er war sicher schon achtzig, sprach mit etwas schwerer Zunge. Er hatte wohl schon einiges getrunken.

»Und Sie noch ein bisschen mehr als die anderen, nicht war?« Simone zwinkerte ihm zu, und er brach erneut in dröhnendes Gelächter aus.

»Ich weiß nicht. Ich hätte Lust, das Kompliment zu erwidern.«

»Was für ein Komödiant, also wirklich, in Ihrem Alter!« Sie wandte sich an Delphine: »Ich habe euch noch gar nicht vorgestellt. Das ist Doktor Hortensia, er war vierzig Jahre lang Arzt in Sanary. Delphine Dupeyron, Innenarchitektin. Sie hat das Haus ihrer Tante Pauline Pastorelli geerbt.« Der pensionierte Arzt deutete einen Handkuss an.

»Ich wusste gar nicht, dass Pauline gestorben ist.« Die Nachricht schien ihn zu treffen. »Sie war eine erstaunliche Frau, dabei hatte sie kein leichtes Leben.«

»Was meinst du damit? Sie hatte alles, was sie sich wünschen konnte: ein schönes Haus, eine anerkannte Stellung. Niemals Geldprobleme. Ich kenne viele Frauen, die das gern von sich behaupten würden.«

»Berufsgeheimnis«, antwortete der Arzt mit erhobenem Finger.

»Jules, sie ist tot«, sagte Simone, deren Neugier geweckt war.

»Trotzdem darf ich eigentlich nicht …« Er zögerte jedoch nicht lange. »Also, was ich sagen kann, ist, dass Pastorelli nach meiner bescheidenen Meinung ein ganz schöner Halunke war. Nicht nur, weil er die meisten öffentlichen Aufträge durch Korruption bekam, das könnte man zur Not …« Er machte eine unklare Handbewegung, die bedeuten mochte, dass viele andere das Gleiche taten und dass es ihm nicht zustand, darüber zu urteilen.

»Nein, sondern weil …« Er stockte einen Moment, dann gab er sich einen Ruck: »Verdammt, was soll's. Alle haben sich bei ihm angebiedert, Monsieur Pastorelli hier, der große Victor dort.« Schwankend machte er noch einen Schritt auf die beiden Frauen zu und musterte Delphine.

»Sind Sie wirklich ihre Nichte?« Sie nickte und war plötzlich sehr beunruhigt.

»Dieser liebe Pastorelli betrog seine Frau bei jeder Gelegenheit. Einmal hat er Ihrer Tante sogar einen Tripper angehängt. Und noch viel schlimmer, er hat sie geschlagen. Das habe ich erst erfahren, als er ihr eines Tages eine Rippe gebrochen hatte. Sie wollte mir weismachen, sie sei von der Treppe gefallen, aber ihr ganzer Körper war mit blauen Flecken übersät. Und dann hat sie es zugegeben«, verkündete er in einem bedeutsamen Ton.

»Was?«, rief Delphine. Mehrere Ausstellungsbesucher drehten sich nach dem Trio um. Sie traten ein Stück beiseite.

»Ich habe Pauline hundert Mal geraten, ihren Mann zu verlassen, aber sie wollte nicht. Vielleicht wusste sie nicht, wohin sie gehen sollte. Und da, wo sie herstammte, verlässt man seinen Mann nicht wegen Schlägen und Verletzungen und noch weniger wegen Untreue.«

Delphine zog erstaunt die Augenbrauen hoch. »Woher kam sie denn?«

»Ich glaube, Victor hat sie in Toulon in einem Nachtlokal kennengelernt. Aber wohlgemerkt, sie war eine tolle Frau. Von seltener Würde.«

»Sie war Tänzerin?«, fragte Simone.

»Genau. Nackt, vermute ich, sie hatte auch im Alter einen phantastischen Körper.«

Der Blick des Arztes schweifte ab. Vielleicht war die Schönheit Paulines nicht für alle verloren gewesen, wenn sie auch von ihrem Ehemann nicht genug geschätzt wurde.

»Wusste das außer Ihnen noch jemand?«, fragte Delphine.

»Sie war so stolz, sie hätte nicht gewollt, dass jemand davon weiß oder man sie gar bedauert. Alles, nur das nicht. Eigentlich weiß ich gar nicht, warum ich Ihnen das erzähle. Wen interessiert es heute noch, wo sie alle tot sind? Und ich werde auch bald das Zeitliche segnen.«

Aber Simone ließ nicht zu, dass er in den Zustand der allgemeinen Rührung abglitt. Jetzt wollte sie es genau wissen.

»Warst du ihr Liebhaber?«

»Das ist eine sehr indiskrete Frage, die deiner unwürdig ist«, schalt der Doktor sie schwach.

»Unfug, Jules.«

»Pauline hätte nie Gleiches mit Gleichem vergolten.«

»Vielleicht nicht zu Victors Lebzeiten«, erwiderte die alte Dame schlagfertig. »Aber er ist schon 1975 gestorben.«

»Natürlich können Witwen tun und lassen, was sie wollen. Das wäre ja noch schöner. Eine Frau, die während all ihrer Ehejahre verhöhnt wurde und zum Schweigen verurteilt war, weil sie nur ihn hatte. Keine persönlichen Einkünfte, keinen Beruf. Ihr war noch nicht einmal vergönnt, ein Kind zu bekommen. Stattdessen eine Stieftochter, die sie hasste und ihr bei jeder Gelegenheit eins auswischte. Das war ihr Leben. Ein schönes Haus mit einem gewalttätigen Tyrannen an ihrer Seite, der gleichzeitig ein Schürzenjäger war. Nichts als Lügen.«

Simone und Delphine nickten.

»Ja, so ist es, meine Damen. Verzeihen Sie mir, wenn ich Sie unsanft aufgerüttelt habe. Ich werde jetzt diese hochinteressante Ausstellung verlassen und ein Glas Champagner auf Paulines Wohl trinken gehen. In meinem Alter kann man auf solche Veranstaltungen gut verzichten. Man muss sich an das Konkrete halten. Das Unmittelbare. Vielleicht sehen wir uns später, meine Damen. Oder in einem anderen Leben. Es war mir ein Vergnügen.« Sein massiger Körper setzte sich in Bewegung und bahnte sich einen Weg zum Ausgang, wo junge Frauen die Gäste mit Champagner empfingen.

»Ich glaube, ich brauche auch ein Glas«, ließ Delphine nach einigen Minuten purer Ratlosigkeit verlauten.

In ihrem Kopf drehte es sich, als würde jemand immerfort auf einem Rennrad strampeln und strampeln. Sie musste lächeln, grüßen, lächeln, das Glas erheben, gratulieren, kommentieren, den Erklärungen, Reden, Selbstbeweihräucherungen lauschen, und alles mit diesem Rennrad im Kopf. Das durfte nicht sein. Sie wollte nicht, dass die Vergangenheit so aussah. Sie wollte nicht, dass ihr Haus Zeuge dieser unglücklichen Ehe, dieser Gewalttätigkeiten gewesen war. Warum hatte ihre Mutter nichts davon gewusst? Oder hatte sie es gewusst? War denn Familie wirklich zu nichts gut? Sie hatte immer geglaubt, dass die schlechte Beziehung zu ihrem Vater ein Zufall der Natur war, dass aber die wahre Familie, die der anderen, besser funktionierte, wie ein kuscheliges Nest. Alle hatten die Pastorellis als ein schönes Paar dargestellt. Oder hatte sie vielleicht nur das hören wollen? Tänzerin im Nachtlokal in Toulon. Warum hatte ihre Mutter ein so anderes Schicksal gehabt? An einer Kreuzung trennen sich die Wege, Begegnungen führen einen in eine andere Richtung, weiter, immer weiter, und dann wacht man eines schönen Tages in einem sonderbaren Leben auf, nennt es fortan sein eigenes und gewöhnt sich ab, alte Bekannte, entfernte Verwandte zu treffen. Man richtet sich in diesem Leben ein. Man erkennt es an, wie man ein Kind anerkennt, das man gezeugt hat, wie man einen Körper im Leichenschauhaus identifiziert. Ja, ja, das ist es, das ist mein Leben. Ich habe einen Mann geheiratet, der mich schlägt und demütigt. Ich dachte, ich würde das Richtige tun. Natürlich liebe ich ihn nicht mehr, aber jetzt ist das mein Leben, ich habe kein anderes. Die anderen Züge sind ohne mich abgefahren. Ich habe die falsche Wahl getroffen, aber die Leute denken, ich habe Glück gehabt. Madame Pastorelli mit dem schönsten Haus an der Küste.

»Ah, da sind Sie ja!« Der Bürgermeister hatte sie entdeckt, wahrscheinlich mit Hilfe seiner Frau, die einen Schritt hinter ihm ging und ihm von Zeit zu Zeit diskret etwas ins Ohr flüsterte. In ihrem Fahrwasser navigierte Monsieur Balmain, der von einer unscheinbaren grauhaarigen Frau begleitet wurde, wohl seine Gattin, die sich damit begnügte zu lächeln.

»Wie gefällt Ihnen unsere schöne Ausstellung?«

Für einen winzigen Moment wusste Delphine nicht, ob es der einem surrealistischen Traum entsprungene Würdenträger im blauen Anzug oder Paulines Vergangenheit war, die sie quälte. Alles kam ihr gleichermaßen absurd vor. Die Champagner trinkenden Leute, die Cocktailkleider, die blau-weiß-rote Schärpe, die deutschen Flüchtlinge, mit denen das Rathaus versuchte, Touristen anzulocken, die nicht wegen der Strände kamen. Aber sie hatte sich sogleich wieder im Griff.

»Sehr gut dokumentiert. Sehr anrührend. Meinen

Glückwunsch, *Monsieur le Maire.*« Sie erinnerte sich nicht genau an die Frage, aber sie dachte, die Antwort müsste passen. Es war sicher das, was man sagen sollte.

»Ach, ich habe nur geringen Anteil daran«, antwortete er geschmeichelt. »Dieser eminent wichtige Bestandteil unseres Kulturerbes muss bekannter gemacht und hervorgehoben werden. Es ist doch eine einzigartige Geschichte.«

Monsieur Balmains Gesicht begann zu strahlen, als ob er all diese Jahre hindurch in der Wüste gepredigt und plötzlich recht bekommen hätte.

Delphine stimmte ihm eifrig zu, während sie sich fragte, was die Exilanten dazu sagen würden, wenn sie wüssten, dass man sie als »Bestandteil des Kulturerbes« bezeichnete. Ironie der Geschichte!

Der Fremdenführer schien diesen eigenartigen Taschenspielertrick der Zeit nicht bemerkt zu haben. Kein schäbiges Detail durfte einen Abend wie diesen trüben, an dem endlich die ganze Stadt im Rhythmus ihrer glorreichen Vergangenheit pulsierte. Vielleicht würde der Tag kommen, an dem ein winziges Gedenktäfelchen auch den Namen Balmain erwähnen würde, der mit allen Kräften zur Ausgrabung dieser wertvollen Erinnerungen beigetragen hatte.

Als die Unterhaltung mit den üblichen Höflichkeiten endete, lächelte Delphine weiter, wie immer, wenn sie mit den Gedanken nicht bei dem war, was sie gerade tat. Sie wusste, dass eine vergnügte Miene vieles erträglich machte, sogar eine unpassende Bemerkung. Simone bediente sich anscheinend der gleichen Taktik, bis sie von einer ziemlich autoritär wirkenden Frau beiseitegezogen wurde.

»Kann ich dich allein lassen?«, fragte Delphine. »Findest du jemanden, der dich heimbringt?«

»Kümmere dich nicht um mich«, antwortete Simone, ehe sie von dem Redefluss ihrer Bekannten an die Ufer einer gemeinsamen Vergangenheit getragen wurde, die ihre Beziehung in alle Ewigkeit gefestigt hatte, auch wenn man nicht über sie redete.

31

Delphine stolperte in ihren Stöckelschuhen. Sie rannte, sie musste sich bewegen, trotz der störenden Abendkleidung. Das Klappern ihrer Schritte hallte in den engen Gassen der Altstadt von den Hauswänden wider wie in einem Film noir der fünfziger Jahre. Eigentlich hatte sie keinen Grund zur Eile. Sie konnte nichts mehr verhindern. Sie würde nichts mehr lösen. Sie kam mit ihrem neuen Wissen viel zu spät. Die Enthüllungen von Doktor Hortensia klangen leider höchst glaubwürdig. Auf alle Fälle erklärten sie, weshalb es im Haus kein einziges Foto gab, und ebenso die Geheimnistuerei. Darum hatte Pauline also trotz ihres höflichen und freundlichen Auftretens nur mit wenigen Menschen verkehrt und sich niemandem anvertraut. Vielleicht dem Pfarrer. Delphine war ihm erst zwei, drei Mal begegnet, aber sie war sicher, dass er ihr nichts sagen würde. Außerdem war es wahrscheinlich nicht mehr derselbe wie zu der Zeit, als Pauline noch zur Messe ging. Das alles war eine untergehende Welt.

Seit ihrer Ankunft in Sanary war ständig die Rede von der Vergangenheit, den Alten, den Toten, Verschwundenen, Verschollenen. Manchmal hatte Delphine das Gefühl, selbst im nächsten Moment unterzugehen. Sie musste jetzt umsteuern, sich radikal der Zukunft zuwenden. Sie wollte ihr schönes Haus, ihren ganz frischen Erfolg, ihren Lebenshunger mit einem Mann teilen. Sie wollte endlich ein Kind. Die neuen Schichten gelebten Lebens würden die

Vergangenheit verblassen lassen, so wie das Gedächtnis ständig Ereignisse, die als nichtig oder zu grausam erscheinen, ins Vergessen zurückstößt, um neue Erinnerungen aufzunehmen und in der Abfolge der Tage die Geschichte eines Lebens aufzubauen.

Ballast abwerfen. Eine eigene Familie haben, um die Last der eigenen Herkunft weniger zu spüren. Vielleicht war das noch möglich.

Ihr Absatz rutschte über einen Pflasterstein, und Delphine knickte um. Zum Glück konnte sie sich noch fangen, aber sie konnte nicht mehr auftreten. Kurz entschlossen zog sie ihre Schuhe aus und lief barfuß weiter. Die Straßen der Kleinstadt waren menschenleer. Die meisten Bewohner waren noch auf dem Empfang, die anderen saßen vor dem Fernseher. Nur ein paar Jugendliche standen vor den heruntergelassenen Rollläden des Tabakladens um einen Motorroller herum und unterhielten sich. Als sie sie in ihrem Festaufzug und mit den Schuhen in der Hand kommen sahen, unterbrachen sie ihr Gespräch. Der Stämmigste lachte los, die anderen fielen ein. Delphine errötete und fühlte sich ertappt, setzte aber ihren Weg fort, als wenn nichts wäre, beschleunigte nur den Schritt und betete, dass ihr roter Kopf im schwachen Laternenlicht nicht zu sehen war.

Endlich kam sie an die Ecke von Antoines Straße. Sie sah schon das Dach seines Hauses und das brennende Licht in der ersten Etage, da hörte sie Stimmen im Garten. Unwillkürlich wich sie zurück. Sie hatte keine Lust, sich barfuß und mit aufgelöster Frisur einem Fremden zu zeigen, und setzte sich auf ein Mäuerchen, wo eine Hecke sie verbarg. Während sie versuchte, ihre geschwollenen Füße wieder in die Schuhe zu stecken, hörte sie zwei Männer zum Tor kommen. Einer der beiden war Antoine. Die Stimme des anderen war deutlich tiefer. Sie sprachen laut und lachten im Gespräch. Das schlecht geölte Tor quietschte.

»Also gut, wir sehen uns Mittwoch bei der Versammlung. Und beste Grüße an Ihre Frau Mutter.«

Warum beugte sie sich in diesem Moment nach vorn? War es Neugier, die sie zu dieser Indiskretion trieb, oder das Gefühl, die Stimme des anderen zu erkennen? Sie sah, wie sich die Männer freundschaftlich umarmten und der Unbekannte, eine kräftige Gestalt mit weißer Haarpracht, die Straße in die andere Richtung hinunterging. Für einen Augenblick sah sie sein Gesicht. Es gab keinen Zweifel. Das war der Spitzenkandidat des Front National. Antoine stand noch am Tor und schaute ihm hinterher.

Fassungslos stand Delphine auf und ging auf den Tierarzt zu, der sie noch nicht gesehen hatte. Sie wollte Klarheit, musste wissen, ob ihr Verdacht stimmte.

»Delphine!« Antoine strahlte, wie immer, wenn er sie sah. »Was für eine schöne Überraschung!«

Sie konnte weder lächeln noch einen Gruß herausbringen. Keine Floskeln, nur die eine brennende Frage. »Wer war das?«

»Ein Freund.«

Er schien glücklich, sie zu sehen. Die Luft war erfüllt von den Düften des Meeres. Der Abend ließ sich gut an.

»Ein Freund?«

Er hörte den drohenden Unterton nicht.

»Ja, auch ein Kollege.«

Er wollte sie in die Arme nehmen, aber sie wich zurück.

»Ist er Tierarzt?«

»Nein. Das habe ich nicht gemeint. Eher ein politischer Kollege. Aber warum interessiert dich das so?«

Sie unterbrach ihn schroff.

»Du meinst den Front National.«

»Ja …«, gab Antoine zögernd zu und fuhr sogleich fort: »Die Partei wird oft verteufelt, weißt du? Eigentlich nur aus Unkenntnis. Der Front National vertritt kühne und starke Ideen. Er gesteht den Frauen den ihnen gebührenden Platz zu. Es gibt kaum eine andere Partei, in der so viele Frauen in Machtpositionen und an strategisch wichtigen Posten zu finden sind. Wir zählen auf die Frauen. Gehen wir doch rein, wir können drinnen weitersprechen.«

Er trat zur Seite, um Delphine hereinzulassen. Delphine rührte sich nicht. Sie war wie vom Schlag getroffen.

»Bist du Mitglied von Le Pens Partei?«

»Ich bin kein Mitglied. Aber ich stimme mit einigen ihrer Ansichten überein. Und bin darin bei weitem nicht allein. Na komm, guck nicht so! Das ist doch alles nicht so wichtig.«

»Natürlich ist das wichtig, sogar entscheidend.«

»Du übertreibst. Ich hab's doch gesagt … Die Leute regen sich immer auf, wenn sie vom Front National sprechen, ohne wirklich zu wissen, worum es eigentlich geht. Es ist eine Partei, von der sich sehr viele junge Leute heutzutage angesprochen fühlen, weil sie auf Fragen antwortet, die …«

Sie fiel ihm ins Wort.

»Warum hast du mir das nicht früher gesagt?«

»Weil ich nicht dachte, dass das für uns eine Rolle spielt. Oder aus Angst vor einer irrationalen Reaktion. Was sich jetzt bestätigt …«

»Du hast nicht gedacht, dass es unsere Beziehung beeinträchtigen könnte?«

Eine Eule rief im Nachbargarten. In einem der Seitengässchen startete ein Mofa.

»Nein. Weil ich dich ehrlich liebe. Wenn du willst, heirate ich dich morgen. Ich möchte mit dir Kinder haben. Und wenn du meine politischen Ansichten nicht teilst, scheint mir das nicht unüberwindlich. Außerdem warst du so mit deinem Liebeskummer, deinem Haus, deiner Arbeit beschäftigt, dass es sich nicht ergeben hat, über Politik zu sprechen.«

»Hör zu, Antoine, wenn du hinter den Ideen des Front National stehst, ist es für mich unmöglich, mit dir zusammen zu sein. Ich weiß, dass sie ihre Fassade gereinigt haben, aber das ist doch alles nur Bluff, um die Gutgläubigen in die Irre zu führen, denen es an Erinnerungsvermögen fehlt. Ich kann nicht verstehen, dass du das noch nicht einmal wahrnimmst.«

Sie sprach sehr langsam, betonte jede Silbe, als müsste sie einem Kind komplizierte Zusammenhänge erklären.

»Niemals könnte ich mein Leben mit jemandem teilen, der Anhänger der Rechtsextremen ist.«

»Aber du hast dich in meiner Nähe wohl und geborgen gefühlt. Ich habe mich um dich gekümmert. Ich war immer respektvoll zu dir. Ich liebe dich«, schrie er außer sich.

»Wir werden uns nicht mehr sehen.« Das war alles, was sie noch über die Lippen brachte. Ihr Leben war ein Albtraum.

32

Sie grub die Erde um, setzte einen Rosenstrauch hinein, füllte das Loch mit Muttererde, stampfte sie fest, goss. Sie grub wieder Erde um, pflanzte einen zweiten Rosenstrauch, füllte das Loch mit Muttererde, stampfte, goss. Im Haus klingelte das Telefon. Sie ging nicht ran. Sie wollte nie mehr von irgendwem hören, egal von wem. Einsamkeit war vielleicht belastend, aber nicht so schlimm wie schlechte Gesellschaft. Sie grub die Erde um, spreizte die Wurzeln des Rosenstrauchs, stellte ihn ganz gerade auf. Das Telefon klingelte erneut. Ihr Handy war seit dem Vortag ausgestellt. Ihre Mailbox musste vollgestopft sein mit Nachrichten, die sie nicht abhören würde. Sie interessierte sich nicht mehr für Männer, für Frauen auch nicht. Sie wollte sich keine Fragen stellen, auch nicht die Situation analysieren. Sie wollte ihre Ruhe. Pascha schien ihrer Meinung zu sein, denn er wich ihr nicht von den Fersen. Sollten die Katzen der Umgebung doch ohne ihn auf Jagd gehen. Sein Frauchen war in einer komischen Verfassung, und er würde auf sie aufpassen. Überhaupt fand er seit seiner Verletzung das wilde Leben, die Herumtreiberei und Beutezüge nicht mehr so reizvoll. Es klingelte an der Tür. Pascha mauzte und sah Delphine an, die sich nicht rührte. Sie musste einen guten Grund haben, die Tür nicht zu öffnen. So benahm sie sich normalerweise nicht. Sie hob nicht einmal den Kopf. Es klingelte noch einmal.

»Delphine!«

Sie legte ihre Gartengeräte ab und ging ins Haus. Pascha folgte ihr. Sie schloss die Tür.

»Delphine!«

Antoine rief immer lauter. Delphine füllte Paschas Trinkschale mit frischem Wasser und schüttete neues Trockenfutter in seinen Napf.

»Mach doch auf!«

Sie wollte keine Aussprache. Es war alles gesagt, es gab nichts hinzuzufügen. Zwei diametral entgegengesetzte Weltsichten. Antipoden. Inkompatibel. Die einzige Frage, die noch Sinn machte, war folgende: Warum hatte sie nichts gemerkt? Sie hätte sich früher danach fragen sollen. Vielleicht, aber sie hatte es nicht getan. Weil sie zu sehr mit sich selbst beschäftigt gewesen war, weil es ihr so fernlag, dass sie keine Sekunde daran gedacht hatte. Er hatte niemals rechtsradikale Reden gehalten. Ihr war zwar aufgefallen, dass er vom Thema Sicherheit geradezu besessen war, aber sie hatte sich darüber nur lustig gemacht. Das Wort »Abschaum«, das er in diesem Zusammenhang benutzt hatte, hatte sie aufhorchen lassen, aber das hatte sie auch schon von Vertretern anderer Parteien gehört. Hätte sie von einem einzigen abscheulichen Begriff auf eine ganze Lebensphilosophie schließen können? Hätte sie jedes Wort auf die Waagschale legen sollen?

Vielleicht hatte sie nicht so genau hingehört, weil sie nie in Antoine verliebt gewesen war. Er hatte ihr geholfen, ihren Kummer über den Verlust von Cyril zu überwinden, aber sie hatte keine tieferen Gefühle für ihn. Sie hatte ihn benutzt, und das war hässlich. Tatsächlich hatte die Entdeckung seiner politischen Neigungen das Ende ihrer Beziehung, die nie wirklich begonnen hatte, nur beschleunigt.

In der Gasse war es wieder still. Delphine wagte sich hinaus und blieb einen Moment auf der Terrasse stehen. Die Sonne tauchte den Garten in goldenes Licht, und die Pinien dufteten nach Harz. Eine Drossel sang, eine Grasmücke antwortete ihr. Das Meer forderte den Himmel zu einem Wettstreit der Farben heraus. Die Orangen rundeten sich unmerklich und saugten die leuchtenden Strahlen in sich auf, um allmählich ihre Reife zu vollenden. Weiter unten ernteten einige Männer und Frauen Oliven. Delphine machte sich daran, die letzte Rose zu pflanzen.

Sie war schon etwas spät dran, als sie das Tor öffnete. Vor ihren Füßen lag ein riesiger Blumenstrauß mit einer kleinen, an die Folie gehefteten Karte. Sie zögerte kurz, dann hob sie den Strauß auf. Schließlich konnten die Blumen nichts dafür. Als sie klein war, hatte Michèle einmal einen Strauß roter Rosen, das Geschenk eines unerwünschten Verehrers, in den Müll geworfen. Delphine sah immer noch die wunderbaren Blumen vor sich, die anklagend aus dem grauen Mülleimer ragten. Ihre Mutter hatte ihr die Situation erklärt, aber Delphine hatte die Verschwendung dennoch bedauert. Sie seufzte, ging wieder ins Haus und füllte eine Vase mit Wasser. Pascha umkreiste derweil die Blumen. Er beschnupperte sie, streifte sie mit dem Schwanz und schnappte sich dann grüne Zweiglein, die er mit Genuss zerkaute. Die Identität des Spenders interessierte ihn ebenso wenig wie seine politische Einstellung. Für ihn waren Blumen Blumen, immer aufregend, immer willkommen.

Delphine kam in letzter Minute an und war ganz außer Atem, aber heute nahm ihr das niemand übel. Der große Tag der Einweihung war gekommen. Als Dank für die

Handwerker gab es einen kleinen Umtrunk. Monsieur Bosc und seine Familie, die sich zu diesem Anlass versammelt hatte, waren in ausgezeichneter Laune. Das Ergebnis der Bauarbeiten übertraf alle Erwartungen. Delphine führte sie von Zimmer zu Zimmer, erklärte, wie sie gedacht, welche Lösungen sie gefunden hatte. Sie achtete darauf, bei ihrem Rundgang die exzellenten Leistungen der Handwerker zu würdigen. In letzter Minute hatte sie noch zwei Lampen aus den dreißiger Jahren aufgetrieben, die den eleganten kleinen Schreibtisch aus lackiertem Holz und den im Stil der Vorkriegsjahre restaurierten Sessel ins rechte Licht setzten. Der Enkel des Besitzers, der schon in der folgenden Woche einziehen würde, war des Lobes voll. Mit fünfundzwanzig hatte der junge Mann bereits gelernt, Personen, die für ihn gearbeitet hatten, angemessen zu danken.

Für Delphine war es das erste Mal, dass ihre Leistungen so deutlich anerkannt wurden. Monsieur Bosc und seine Frau prosteten dem ganzen Team zu und versprachen, überall Werbung für sie zu machen. Delphine stieß mit allen an, und der Champagner versetzte sie bald in einen angenehmen Rausch, sodass sie ihren Kummer vergaß.

Als sie Monsieur Bosc, der eine Zigarette rauchen wollte, auf die Terrasse begleitete, überwältigten sie das klare Licht und der Blick auf die Bucht von Bandol, die sich zu ihren Füßen ausbreitete. Ganz scharf zeichnete sich jeder Baum und jeder Felsen auf der Anhöhe von Portissol ab, wo jetzt im Herbst zu dieser Tageszeit die Schatten allmählich länger wurden. Im türkisfarbenen Wasser erkannte man genau die Grenze zwischen dem Sand, wo der Badende bequem und sicher stehen konnte, und der Tiefe des Meeres, das so viele Geheimnisse barg.

»Kommt es oft vor, dass Menschen im Meer verschwinden?«, fragte sie ihren Gastgeber.

»Nein, heutzutage ist das glücklicherweise ziemlich selten.«

Er fragte nicht nach, sondern schaute mit ihr weiter den Wasservögeln zu, die auf Fischjagd waren.

Getrieben vom Herbstwind, der von den Bergen herabkam, verfolgten sich am Himmel eilige Wolken mit wunderlichen Formen. Ein kühler Hauch wurde spürbar und erinnerte daran, dass auf Samtpfoten der Monat November herangekommen war, der in nördlicheren Gegenden gewöhnlich schon ein ordentliches Maß an Wintergrau und Feuchtigkeit verteilte. In sechs Wochen war Weihnachten, und die Luft ließ einen kaum frösteln.

»Die Fischer und auch erfahrene Segler wissen im Allgemeinen, wann man aufs Meer fahren kann.« Er bot ihr eine Zigarette an, aber sie lehnte ab.

»Niemand würde sich bei Sturm von der Küste entfernen, denn man kann hier mächtig Schlagseite kriegen.«

Er zündete seine Zigarette an, indem er das Revers hochschlug, um die Flamme vor dem Wind zu schützen.

»Fahren Sie zur See?«

»Ich bin im Vorstand des Club Nautique.«

Sie war nicht überrascht.

»Wenn Sie möchten, nehme ich Sie mal mit raus. Vielleicht finden Sie Geschmack daran. Wenn man das offene Meer liebt, sieht man die Welt mit anderen Augen. Man spürt immer einen Ruf, als ob es dort draußen etwas gäbe …« Er zögerte. »Es gibt da tatsächlich etwas, das dich festhält und nicht mehr loslässt«, vertraute er ihr nach einer Weile an und fuhr dann in leichterem Ton fort. »Andere vertragen das Meer nicht, es macht ihnen Angst. Wenn Sie hier bleiben wollen, müssen Sie wissen, auf welcher Seite Sie stehen. Wenn es ums Meer geht, muss man Stellung beziehen. Es ist der Ursprung aller Dinge.«

»Können nicht auch Matrosen Angst haben?«

»Natürlich, aber sie ertragen es.«

Delphine konnte sich nicht verkneifen, die Frage zu stellen, die sie beschäftigte.

»Kannten Sie Victor Pastorelli?«

Ihr Gegenüber nickte nachdenklich.

»Selbstverständlich. Man kann von ihm sagen, was man will, aber er war ein guter Seemann.«

»Wäre er bei schlechtem Wetter hinausgefahren?«

Er blickte sie von der Seite an. Sie fand sein Lächeln fast ein bisschen onkelhaft.

»Jeder von uns kann einen Fehler machen oder einen Unfall haben. Niemand ist davor gefeit. Quälen Sie sich nicht mit alten Geschichten. Fahren Sie mit mir raus, wie ich es Ihnen vorgeschlagen habe. Sie sollten sich mehr für die Gegenwart interessieren. Auf See gibt es weder Vergangenheit noch Zukunft. Man muss nur die Stellung der Segel überwachen und das Ruder festhalten. Alles andere ist unwichtig.«

33

Sie klingelte bei den Nachbarn. Sie hatte beschlossen, endlich Ernst zu machen und mit einer kunstvoll verpackten Pralinenschachtel in der Hand den gebotenen offiziellen Besuch anzutreten. Gute nachbarschaftliche Beziehungen waren für eine alleinstehende Frau, die sie jetzt nun mal war, besonders wichtig. Vielleicht würde sie bei dieser Gelegenheit etwas mehr über Pauline Pastorelli erfahren. Die Enthüllungen von Doktor Hortensia quälten sie zu sehr, als dass sie die Ratschläge von Monsieur Bosc hätte befolgen können. Die Vergangenheit belastete sie noch immer. Am Morgen hatte sie wieder das Gefühl gehabt, dass das Porträt sie merkwürdig ansah. Sie wusste natürlich, dass das unsinnig war, aber trotzdem wollte sie jetzt die ganze Wahrheit erfahren.

Obwohl die Häuser durch weitläufige Gärten getrennt waren, hatten die Fortunats das Ehepaar Pastorelli vermutlich besser gekannt als die meisten anderen. Sie hätte sich viel früher bei ihnen vorstellen sollen.

Der Türöffner summte. Sie stieß das Tor auf und trat in einen französischen Garten, in dem jede Pflanze die ihr zugedachte Rolle spielte und ihre künstlich geschaffene Form wahren musste, ohne jede Hoffnung, je über den ihr zugewiesenen Rahmen hinauszuwachsen. So wie Le Nôtre den Park von Versailles mit Harmonie, Symmetrie und klaren Perspektiven ersonnen hatte, war Madame Fortunat bestrebt, die große nationale Tradition fortzusetzen. Das Ergebnis war eher überraschend als geglückt. In dieser provenzalischen, zu Trockenheit und somit zum Minimalismus neigenden Umgebung verstärkten die strengen klassischen Regeln die militärische Wirkung des Gartens. Spiralförmig beschnittene Zypressen, die den Kiesweg zum Hauseingang säumten, erinnerten an umgekehrte Korkenzieher.

Die wenigen Blumentöpfe standen in der Mitte quadratischer Rabatten mit Ornamenten aus niedrigen Sträuchern, die absolut identische Labyrinthe bildeten. Auf der Terrasse mit Steinplatten erwartete die Besucher ein Teakholztisch mit sechs passenden Stühlen. Zwei sperrige Liegestühle aus grauem Rattan mit grünen Kissen und ein Sonnenschirm in der gleichen Farbe ergänzten das Ensemble, bei dem nichts dem Zufall überlassen war.

»Ah, Sie sind es! Kommen Sie nur!«, rief Madame Fortunat von der Terrasse aus, als sie Delphine erkannte, die mitten auf dem Weg stehen geblieben war, um dieses kleine, strenge Kunstwerk zu betrachten.

Delphine reichte ihr die Konfektschachtel noch vor der Begrüßung.

»Oh, das war doch nicht nötig«, sagte Madame Fortunat und nahm die Schokolade entgegen. Trotz der recht frühen Stunde trug sie schon ein schwarzes Kostüm, das chic und doch lässig wirkte.

»Ich wollte Sie auf ein Glas Wein zu mir einladen, zum Aperitif oder wann immer es Ihnen passt.«

»Heute Abend sind wir bei Freunden eingeladen, und jetzt ist mein Mann nicht da, aber vielleicht gegen halb zwölf …«

»Perfekt.« Delphine wandte sich zum Gehen. »Ich freue mich. Bis nachher.« Sie winkte und marschierte erneut an den strammstehenden Pflanzensoldaten vorbei.

Angesichts des akkurat gepflegten Gartens hielt sie es für angebracht, vor der Ankunft des Ehepaars Fortunat ein wenig zu putzen. Als sie mit ihren Gerätschaften die Diele durchquerte, schienen ihr die Augen von Pauline Pastorelli nicht mehr ironisch. Sie hatte im Gegenteil plötzlich den Eindruck, dass sie sie recht liebenswürdig anschaute. Woher rührte diese Illusion des ständig wechselnden Gesichtsausdrucks? Was war das Besondere an diesem Bild, das es so wandelbar machte? Wie hatte es der Künstler geschafft, diesen Blick mit so viel Leben zu erfüllen? Delphine untersuchte die Leinwand aus allen Blickwinkeln, entdeckte aber nichts Außergewöhnliches. Eine geschickte Ausführung, eine gekonnte Art, das Licht einzufangen und das Auge durch ein wenig Weiß an der richtigen Stelle aufzuhellen. Trotzdem hatte man den Eindruck, dass die Augen einem folgten, sobald man ein Stück zurücktrat. Delphine zuckte mit den Schultern und machte sich daran, den Salon von Grund auf zu reinigen.

Hausarbeit war die beste Methode, um ein wenig Ordnung in ihre Gedanken zu bringen. Sie hatte in den letzten sechsunddreißig Stunden so viele seltsame Dinge erlebt, dass sie nicht mehr wusste, was sie denken sollte. Sie war fassungslos, und dieses Gefühl übertraf sogar ihren Kummer und ihre Empörung. Es fiel ihr weniger schwer, sich Victor Pastorelli als Schurken, als brutalen Kerl mit finsteren Plänen vorzustellen, als das Bild einer gedemütigten und misshandelten Pauline zu ertragen, die versuchte, ihre Schande zu verbergen. Pauline hatte Delphines Schicksal so stark beeinflusst, dass es ihr zutiefst widerstrebte, sie, wenn auch vielleicht nicht als williges, aber doch als gefügiges Opfer zu betrachten. Sie hatte sie sich als Frau vorgestellt, die ihr Schicksal klug und unabhängig selbst schmiedete. Spielte ihr ihre Einbildungskraft einen Streich? War sie nicht mehr imstande, der Realität ins Gesicht zu sehen? Es war schlimm, wie sie sich in Antoine getäuscht hatte. Lag es an ihr, dass sie Dinge nicht mehr so sah, wie sie waren? Eins war klar: Sie hatte sich in fast jeder Hinsicht Illusionen gemacht. Cyrils Liebe und Treue, Laureens Freundschaft und Loyalität, Antoines Charakter und Menschenfreundlichkeit. Dieses Haus, das sie gerade putzte und das ihr allein gehörte, blieb ihre allerletzte Gewissheit.

Sie räumte gerade Staubsauger, Besen und Lappen in die Kammer, als es klingelte. Sie wusch sich rasch ihre Hände, kämmte sich, als sie am Spiegel in der Diele vorbeikam, und rannte zur Tür, um das Ehepaar Fortunat hereinzubitten.

»Es ist wirklich ein schönes Haus«, bemerkte Madame, während ihr Gatte ihr aus der Jacke half. »Ich glaube, mit der Erbschaft dieses herrlichen Landhauses haben Sie viel Neid geweckt.«

»Sie waren sicher schon oft hier«, antwortete Delphine und wies zum Salon.

»Eigentlich nicht.« Monsieur Fortunat bewunderte den großen Spiegel mit dem geschnitzten Rahmen.

»Sie waren aber lange Nachbarn?«

»Etwa zwanzig Jahre. Vorher wohnten wir im Landesinneren. Ihre Tante war eine sehr zurückhaltende alte Dame. Oh, sieh mal!«, rief er plötzlich und blieb vor dem Porträt stehen. »Das ist erstaunlich, nicht wahr Louise?«

»O ja, wirklich!«

»Warum?«, fragte Delphine verunsichert. »Kennen Sie das Porträt?«

»Wir haben da so eine Idee, aber das wird noch nicht verraten«, sagte seine Frau, ihrem Ehemann zuzwinkernd.

»Bitte. Ich hasse Überraschungen. Erst seit kurzer Zeit, aber aus tiefstem Herzen.«

Madame Fortunat schaute sie neugierig an.

»Ich habe in der letzten Zeit zu viele davon erlebt und wirklich nicht nur angenehme.«

Die Nachbarin nickte verständnisvoll.

»Gedulden Sie sich noch ein bisschen. Diese wird Ihnen Freude bereiten.« Ihr Mann schien so vergnügt, dass Delphine sie nicht weiter bedrängte.

Als sie mit einem Glas Banyuls im Salon saßen, lobte das Paar die Umgestaltung, die Delphine vorgenommen hatte, in den höchsten Tönen.

»Sie haben einen exzellenten Geschmack, meine Liebe!«

»Es war gut, dass Sie die Wand zwischen Salon und Musikzimmer entfernt haben. Das eröffnet eine ganz außerordentliche Perspektive. Da sieht man, was sich mit ein wenig Mut und Können machen lässt.«

»Ich habe sogar das Klavier stimmen lassen, obwohl ich nicht spielen kann. Ich wollte, dass alles funktioniert und seinen Zweck erfüllt.«

»Darf ich?«, fragte er und stand auf.

»Selbstverständlich.«

Seine Frau lächelte.

Monsieur Fortunat setzte sich ans Klavier und legte mit einem wilden Ragtime los. Dann spielte er *As Time Goes By.* Er begann mit einer angenehmen Baritonstimme zu singen. Die zwei Frauen summten die Melodie mit. Zwei Gläser Banyuls später sangen alle aus voller Kehle. Pascha mauzte vor Empörung und verließ aus Protest den Salon, worüber Louise Fortunat sehr lachen musste.

34

Manche Erklärungen klingen so falsch wie ein verstimmtes Instrument. Dabei sind sie wahr. Leider hat die Wahrheit manchmal die ärgerliche Eigenschaft, uns als Idioten dastehen zu lassen. Wir haben in jedem Moment genau das getan, was uns richtig schien. Sobald sich jedoch ein größeres Bild abzeichnet, sehen wir aus wie Betrunkene, die auf der Straße gestikulierend hin und her torkeln. Wenn eine Reihe von Handlungen zu einem glücklichen Ausgang führt, beglückwünscht man sich und niemand stellt Fragen. Endet sie dagegen im Fiasko, muss man sich rechtfertigen. Es ist immer schwerer, als man denkt, eine Abfolge von Ereignissen nachzuzeichnen, die Zusammenhänge zwischen Ursache und Wirkung zu ermitteln. Im Halbschlaf, kurz bevor man in den Träumen versinkt, weiß man genau, wie man sich ausdrücken müsste, aber am Morgen, wenn man die Sätze aneinanderreihen will, verheddert man sich bei der Aufzählung lächerlicher Unwägbarkeiten. Wie sollte Delphine César Chéreau erklären, dass sie nichts über Antoine gewusst hatte?

Sie hatte Simone vorgeworfen, ihr die politischen Neigungen Antoines verschwiegen zu haben. Nach ihrer Begegnung auf dem Friedhof hätte sie sie doch schließlich warnen müssen. Das wäre das Mindeste gewesen, ein normaler Freundschaftsdienst. Aber Simone hatte selbst nichts Genaues gewusst. Es gingen natürlich Gerüchte um, aber wer hörte schon auf Gerüchte?

Delphine hatte auf ihrem Standpunkt beharrt: »Jeder.«

»Letzte Woche noch fandest du diese Haltung sträflich, aber da ging es um Gerüchte über dich.«

Delphine hatte ihr einen vernichtenden Blick zugeworfen. Es gibt Leute, mit denen kann man nicht diskutieren.

»César Chéreau scheint aber mehr als nur Getuschel vernommen zu haben.«

»Der Front National ist für ihn ein heißes Thema.«

»Und für dich nicht?«

»Der Front National ist die zweitgrößte Partei hier in der Gegend. Da gibt es natürlich Leute, die sie unterstützen. Aber ich wusste nichts Präzises, sonst hätte ich es dir gesagt. Ehrenwort. César Chéreau war schlauer als ich.«

»Wie soll ich ihm das alles nur erklären?«

Simone hatte nachgedacht. »Sag einfach, was du zu sagen hast, und mach es sofort«, sagte sie. Niemals eine Erklärung, die heute gegeben werden kann, auf den nächsten Tag verschieben, weil am nächsten Tag – und da stimmte Delphine ihr vollkommen zu – wie durch einen Zaubertrick, den niemand durchschaut und zu dem die Zeit das Ihre beiträgt, alles endgültig unentwirrbar wird.

35

Ich möchte Sie auf ein Glas Wein einladen«, sagte sie ohne Umschweife, als sie die Buchhandlung betrat.

»Ich habe keine Zeit.«

Das fing schlecht an, aber darauf war sie gefasst gewesen.

»Nach Ladenschluss. Bitte! Ich muss Ihnen etwas sagen.«

»Sagen Sie es gleich.« Er trug weiter Kartons herum, sodass sie ihm durch das Geschäft hinterherlaufen musste.

»Nein.«

»Das wäre mir aber lieber.«

Er setzte den schweren Karton ab und ging an ihr vorbei, um den nächsten zu holen. Wieder folgte sie ihm auf dem Fuß.

»Es wäre Ihnen lieber, weil Sie nicht wissen, worum es geht.«

»Wenn Sie darauf bestehen.« Er seufzte.

Die ersten Gläser Weißwein wurden während der ungeschickten und zögerlichen Richtigstellung geleert. Vor der zweiten Flasche hatte Delphine César Chéreau davon überzeugt, dass sie weder fremdenfeindlich noch rassistisch oder überhaupt rechtsradikal eingestellt war. Sie stand nur noch naiv, dumm und egozentrisch da. Einige weitere Gläser waren nötig, um auch den Rest zu klären. Nachdem sie einmal mit der Beichte angefangen hatte, kam alles zur Sprache. Cyril, die Erbschaft, misshandelte Frauen, Verrat und Jahre der Einsamkeit.

»Du bist mir etwas schuldig«, sagte César Chéreau, als er die Rechnung beglich. Das förmliche »Sie« war in der zweiten Flasche ertränkt worden.

»Was denn?«, fragte Delphine. »Ich bin bereit, meine Schulden zu zahlen.«

»Gerechtigkeit«, rief César und stand auf. Seine Zunge war etwas schwer, aber da es Delphine nicht besser erging, fiel das nicht besonders auf.

»Komm mit!« Er fasste Delphine am Arm und zog sie hinter sich her über den Pier. Zwei, drei Mal wäre sie fast gestolpert und kicherte jedes Mal wie ein Teenager. Sie klammerte sich an seinen Arm, um nicht zu stürzen.

»Nicht so schnell! Warte!«

Hinter der Kirche und dem Rathaus bog er links ab und blieb vor einem kleinen gelben Haus stehen.

»Was sagst du nun?« Er wies mit dem Finger auf ein Foto neben der Tür, das von Olivenzweigen eingerahmt war. »Habe ich recht oder nicht?«

Delphine beugte sich vor, um die Züge von Hilde Stieler genauer zu untersuchen. Die armselig gewellte Frisur wurde von einem strengen Mittelscheitel geteilt und umrahmte die groben Züge eines Gesichts, das tatsächlich einem Mann zu gehören schien. Die Fliege am Kragen einer recht weiblichen weißen Bluse, die die Dame unter einem Trägerrock trug, war verrutscht. Sie starrte den Betrachter mit einem schwachen Lächeln ohne Liebenswürdigkeit an. Neben ihr stand der Maler Erich Klossowski, der Vater von Pierre Klossowski und Balthus, er wirkte verloren, vom Auge des Fotografen erschreckt und irgendwie enttäuscht. Hilde Stieler war fast einen Kopf größer als ihr Geliebter, und dieses Ungleichgewicht trug erheblich zu dem merkwürdigen Eindruck bei, den das Paar machte.

Delphine verzog das Gesicht, um zu zeigen, dass sie dem Buchhändler wohl oder übel recht geben musste.

»Ich möchte allerdings unterstreichen, dass ich nichts gegen Transvestiten habe, überhaupt nichts«, sagte er. »Auch nichts gegen die werte Madame Stieler. Friede ihrer Seele. Es geht allein um die Wahrheit. Ab und an muss schließlich irgendjemand die Dinge beim Namen nennen.«

»Du machst dir wahrscheinlich allerhand Feinde«, vermutete Delphine.

»Das ist mir scheißegal. Balmain hasst mich, aber weißt du, was sein wahres Drama ist?«

Er ging in der menschenleeren Straße auf und ab. Delphine versuchte hinterherzukommen.

»Nein.«

»Dass er nur mit mir diskutieren kann, weil alle anderen absolut keine Ahnung haben. Außerdem ist es ihnen vollkommen egal. Was meinst du, wen sie für ihre Ausstellung über die Emigranten zu Rate gezogen haben?«

»Balmain und dich.«

»Genau. Übrigens eher mich, denn es ist Fakt, dass er unprofessionell und in seine Schriftsteller verknallt ist wie ein Backfisch. Außerdem macht er ziemlich viele Fehler. Aber im Grunde mag ich ihn.«

»Und ihr seid sozusagen die einzigen Spezialisten?«

»Hier in der Gegend ja. Es gibt zwei, drei Deutsche, die diese Geschichte zu ihrem Geschäft gemacht haben. Manchmal präsentieren sie ein neues Büchlein in München oder Berlin und tauchen einmal im Jahr bei einer Konferenz auf, an der auch …«

»Balmain und du teilnehmt«, ergänzte sie lachend.

»Ja. Neben dem Herrn Bürgermeister und seinen Stellvertretern, weil es gut für ihr Image ist, aber sie verschlafen immer die Hälfte.« Er lächelte. »Außerdem lade ich sie meistens in meine Buchhandlung ein. So schaffe ich ein kulturelles Ereignis, und man gratuliert mir. In der Lokalzeitung erscheint dann ein Bericht über den Verlauf des Abends, und alle sind zufrieden. Die Frau des Bürgermeisters hat ihr neues Kleid ausgeführt, ich habe ein paar Bücher verkauft, und der deutsche Forscher fährt nach Hause und fühlt sich in der Vorstellung bestärkt, dass er bedeutende Arbeit leistet.«

Sie schaute ihn von der Seite an.

»Das klingt ein klein wenig zynisch.«

»Absolut nicht. Ich bin wirklich der Einzige, der die ganzen Bücher liest und sich in jede neue Publikation vertieft.«

»Und gleichzeitig lachst du über sie?«

»Ja, meistens. An dem Tag, wo dich die Welt nicht mehr zum Lachen bringt, kannst du dir einen Strick nehmen.«

Und ohne jede Vorwarnung fiel er plötzlich mitten auf der Straße auf die Knie und faltete die Hände.

»Herr im Himmel, dessen Handlungen völlig unergründlich sind, ich bitte dich nur um eines: Bewahre mir meinen Sinn für Humor! Und gib meiner hier anwesenden Begleiterin etwas mehr davon. Sie hat es wirklich nötig.«

»Du bist total verrückt«, sagte Delphine kopfschüttelnd.

Sie überquerten zusammen den Pier und nahmen den Aufstieg zur Anhöhe von Portissol in Angriff. Schweigend lauschten sie dem Geräusch ihrer schlurfenden Schritte und dem Plätschern des silbrig schwarzen Meeres unter ihnen.

Als sie in Delphines Haus ankamen, bot sie ihm ein letztes Glas Wein an, das sie nicht tranken, denn sie stellten plötzlich fest, dass sie etwas viel Besseres und Wichtigeres zu tun hatten.

36

Als Delphine am nächsten Morgen aufwachte, war César schon weg. Sie ging nach unten.

Das Porträt ihrer Tante schien wieder leise zu lächeln.

»Na und?«, sagte sie auf dem Weg in die Küche.

César hatte eine volle Kanne Kaffee und ein Briefchen dagelassen, das an der Vase mit den schon leicht verwelkten Blumen von Antoine lehnte. Sie goss sich eine Tasse ein und las die auf eine weiße, stellenweise durch den Kugelschreiber zerrissene Serviette gekritzelten Worte.

»Schaust du nachher vorbei?«

Delphine lächelte. Im Moment wusste sie absolut nicht, wie sie die Ereignisse der letzten Stunden einordnen sollte, aber sie hatte auch gar keine Lust zum Nachdenken. Alles war so plötzlich gekommen. Sie hatte nie an César als möglichen Partner gedacht, weil sie immer geglaubt hatte, dass er gebunden sei. Aber in der Nacht hatte er ihr erzählt, dass er schon lange nicht mehr mit der Mutter seines Sohnes zusammenlebte.

Sie kam gerade aus der Dusche, als das Telefon klingelte. Der Direktor des Club Nautique fragte an, ob sie Zeit habe, einen Blick auf die große Empfangshalle zu werfen, die neu gestaltet werden sollte. Monsieur Bosc hatte Wort gehalten. Sie zog sich schnell an, nahm eine Aspirin und machte sich auf den Weg zu diesem neuen Auftrag.

Im Club Nautique, ein paar hundert Meter vom Hafen entfernt, erwartete sie ein majestätischer Saal mit einer

Glaswand zum Meer. Der Anstrich der senfgelben Wände bedurfte dringend einer Auffrischung. Die Lüster, ein Überbleibsel aus den siebziger Jahren, verbreiteten ein wenig einladendes Licht, und die Einrichtung war zweckmäßig, aber aus ästhetischer Sicht erbärmlich. Die Aufgabe versprach spannend zu werden. Sie brauchte eine Stunde, um alle Maße zu nehmen und sich mit ihrem Auftraggeber zu beraten.

Dann verabschiedete sie sich und machte sich auf den Heimweg, aber nicht ohne einen kleinen Abstecher in den Buchladen gemacht zu haben. César empfing sie mit einem herzlichen Lächeln, hatte aber nur ein paar Minuten Zeit für sie, da er von einem Vertreter in Beschlag genommen wurde. Sie verabredeten sich für den Abend und trennten sich.

Zu Hause angekommen, machte sich Delphine an die Entwürfe.

Sie arbeitete, bis es um sechs Uhr abends läutete. Nur widerwillig verließ Delphine ihren Arbeitstisch und öffnete die Tür. Draußen standen ihre Nachbarn in Begleitung eines betagten Herrn mit Glatze, der sich auf einen Gehstock stützte. Das Paar strahlte freudig und geheimnisvoll.

»Überraschung!«, rief Madame Fortunat. Delphine lächelte etwas gezwungen.

»Kommen Sie doch herein.«

Ade, Konzentration! Damit war ihr Arbeitstag beendet. Na gut! Sie würde am nächsten Morgen früh weitermachen. Ohnehin machte sich der Schlafmangel der letzten Nacht allmählich bemerkbar.

»Wir möchten Ihnen Monsieur Palatin vorstellen.«

Hätte Claude Fortunat den französischen Präsidenten mitgebracht, hätte er nicht triumphierender klingen können.

»Guten Tag, Monsieur«, sagte Delphine, drückte ihm die Hand und bat die wohlmeinenden Gäste in den Salon. »Sie nehmen doch etwas zu trinken?«

»O mein Gott, Sie haben recht!«, rief der alte Mann plötzlich. Delphine, die nicht mit einer so enthusiastischen Antwort gerechnet hatte, schaute ihn verblüfft an. Der Besucher merkte es nicht, denn er schritt schnurstracks auf das Porträt von Pauline zu, die ihm ein kleines Begrüßungslächeln zu schenken schien. Delphine verstand immer noch nichts und suchte den Blick ihrer Nachbarin.

»Monsieur Palatin ist der Maler«, flüsterte diese, um das Wiedersehen des Meisters mit seinem Werk nicht zu stören. »Wir haben ihn im vergangenen Jahr auf einer Ausstellung in Le Lavandou kennengelernt. Seitdem hat er uns mehrmals in seinem Atelier empfangen, und wir haben uns angefreundet.«

»Sie haben vollkommen recht«, wiederholte der Künstler, ohne den Blick von dem Porträt zu lösen. »Das ist eins der Bilder, die ich in den fünfziger Jahren von Clotilde Sarrasin gemalt habe. Ich habe es seit fünfzig Jahren nicht gesehen. Verzeihen Sie, ich bin etwas gerührt«, fügte er an die Gastgeberin gewandt hinzu.

»Clotilde Sarrasin?«, wiederholte Delphine verständnislos.

»Ja, ja, das war die kleine Bäckerin in der Rue Gaillard, ich war wahnsinnig in sie verliebt.« Der Alte lächelte wehmütig.

»Ich verstehe nicht. Sie meinen, auf dem Porträt ist diese Dame abgebildet?«

»Genau. Na ja, eine Dame war sie nicht. Jedenfalls noch

nicht verheiratet. Sie hatte einen Blick, der einen völlig aufwühlte. Ich weiß nicht, wie viele Croissants ich kaufen und essen musste, ehe sie bereit war, für mich Modell zu sitzen und …«

Die Zuhörer sollten nie erfahren, wozu Clotilde noch bereit gewesen war, hatten aber gewisse Vermutungen. Das Ehepaar Fortunat sah den Maler mit Rührung an.

»Warten Sie. Ich zeige Ihnen die Beschriftung. Ich habe immer ein kleines Schild mit dem Titel des Werkes auf die Rückseite geklebt.«

Monsieur Palatin reichte Madame Fortunat seinen Stock, hängte das Bild ab und drehte es um. Ein vergilbter Umschlag fiel Claude Fortunat vor die Füße, er hob ihn prompt auf und reichte ihn Delphine. Sie legte ihn auf die Konsole in der Diele. Mit höchster Verwunderung las sie die Inschrift auf der Rückseite des Bildes. »Clotilde Sarrasin, auf der Anhöhe von Le Castellet, 1955, Pierre Palatin.«

Delphine musste laut lachen. Nun wunderten sich die anderen. »Ich war überzeugt, dass es ein Porträt meiner Tante ist.«

»Tatsächlich muss ihr Pauline Pastorelli wohl etwas geähnelt haben, als sie jung war. Haben Sie sie nicht gekannt?«, fragte Monsieur Fortunat.

Der Maler schüttelte den Kopf.

»Sie hielt den Kopf auch leicht schräg, und das rundliche Gesicht ist sehr ähnlich. Und die ausdruckvollen Augen.«

»Wenn das keine Überraschung ist!«, sagte Delphine. »Kommen Sie, darauf müssen wir anstoßen.«

Nach einer Stunde hatte Pierre Palatin Delphine überzeugt, ihm das Bild zurückzugeben, und als die drei Besucher endlich aufstanden, suchte Delphine Packpapier, wickelte das Kunstwerk ein und reichte es ihm. Den Scheck, den er ihr aufdrängen wollte, lehnte sie ab. Palatin entschuldigte sich ohne Ende und ging glücklich von dannen. So verließ das Porträt das Haus.

Als César kam, wunderte er sich nicht über die leere Stelle an der Wand. Er sah sie nicht. Er sah nur Delphines Augen, ihre Haare, den Ansatz ihres Halses, ihren Bauch, ihre Beine. Vor dem offenen Kamin, in dem ein Feuer brannte, liebten sie sich stundenlang. Sie vergaßen zu essen und zu trinken. Delphine streichelte Césars Haut und nahm seinen Geruch in sich auf, er war ihr fremd und vertraut zugleich. Der sonst so redefreudige, immer zu Späßen aufgelegte César sagte nicht ein Wort.

37

Erst am nächsten Tag, als César gegangen war, fiel Delphine der Umschlag wieder ein. Sie stand barfuß in der Diele, als sie ihn öffnete. Sie faltete das Blatt darin auseinander und runzelte die Stirn. Je länger sie las, desto blasser wurde sie.

»Ich, der Unterzeichnende, Victor Pastorelli, widerrufe im Vollbesitz meiner geistigen Fähigkeiten alle früheren Verfügungen und erkläre, dass sich die ehelichen Beziehungen zu meiner Ehefrau Pauline Pastorelli so weit verschlechtert haben, dass ich sie für endgültig beendet erkläre. Deshalb vererbe ich mein Haus, Montée de la Carrerade, in Sanary-sur-Mer, sowie mein ganzes Vermögen meiner einzigen Tochter, Jacqueline Beaufort. Verfasst in Sanary, am 15. Oktober 1975, unterschrieben Victor Pastorelli.«

Beunruhigt durch die absolute Reglosigkeit seines Frauchens, fing Pascha an zu mauzen und um ihre Beine zu streichen. Delphine war erstarrt, aber in ihrem Kopf arbeitete es hektisch. Sie versuchte, sich die Artikel ins Gedächtnis zu rufen, die sie über das Verschwinden des Gatten ihrer Tante gelesen hatte. Die Nacht vom 17. zum 18. Oktober, dasselbe Jahr. Das Testament war also zwei Tage vor seinem Tod verfasst worden. Pastorelli musste es hinter dem Porträt verborgen haben, weil er annahm, dass Pauline es dort niemals finden würde. So ähnlich, wie seine Frau dem Modell des Malers sah, kam es Delphine vor, als hätte er es hinter ihrem Rücken versteckt. Und er hatte recht behalten, Pauline hatte es nicht gefunden. Ob er wohl vorgehabt hatte, es zu einem Notar zu bringen, um es offiziell registrieren zu lassen, und nicht mehr dazu gekommen war? Und war dieses Versäumnis einem Zufall geschuldet, oder hatte Pauline etwas mit seinem Verschwinden zu tun? Eins war klar: Das musste Pastorellis letzter Wille sein, also gehörte ihr das Haus gar nicht. Nach französischem Recht konnte man zwar seine Frau nicht gänzlich enterben, aber das Haus hatte er ausdrücklich Jacqueline vermacht.

Delphine setzte sich mitten in der Diele auf den Boden und betrachtete den Fleck, den das Porträt der jungen Bäckerin auf der Wand hintergelassen hatte.

Es gehörte ihr, es gehörte ihr nicht. Sie musste es sagen, sie musste es nicht sagen. Niemand wusste davon, aber das war kein Grund. Warum war das kein Grund? Es war ein Gebot, es war kein Gebot. Sie wusste es nicht, sie wollte es nicht wissen. Doch, sie wollte es wissen, aber wen sollte sie fragen? Es war unmoralisch. Nein, es war gerecht. Sie hatte für dieses Haus ihr ganzes Leben auf den Kopf gestellt. Sie hatte für dieses Haus gelitten. Das war leider kein Grund. Jacqueline war ihre Feindin. Das war doch wirklich ein Grund. Nein, auch das war kein Grund. Das Testament war vielleicht eine Fälschung. Lächerlich. Mit wem konnte sie darüber sprechen? Mit Simone? Mit César? Nein, mit niemandem. Solange niemand Bescheid wusste, war es nicht passiert. Oder vielleicht doch? Was verleiht den Tatsachen ihre Realität? Solange niemand davon wusste, schadete sie niemandem. Das stimmte. Und es stimmte gleichzeitig nicht. *Sie* wusste es. Und sie war sehr wohl jemand, nämlich die Hauptbetroffene. Das heißt, genau genommen auch wieder nicht. Auf alle Fälle wusste sie es. Also konnte man nicht sagen, dass niemand davon wusste.

38

Alle fanden sie merkwürdig. Und damit hatten sie recht. Lief ihr zufällig jemand über den Weg, grüßte sie freundlich, sprach aber wenig. Sie schob die Arbeit vor. Manchmal redete sie mit sich selbst. Leise. Auf der Straße. Vielleicht hatte ihr Gehirn Schaden genommen. Den weißen Fleck in der Diele hatte sie mit einer eigenen Schöpfung verdeckt. Für den Fall, dass plötzlich Besuch kam und Fragen stellte. Es war das Bild, das sie nach dem Tag auf der Île des Embiez gemalt hatte. Eigentlich ziemlich gelungen. Das Testament hatte sie im Klavier versteckt. Delphine wollte sich Zeit zum Nachdenken lassen. Nach so vielen Jahren war es in der Tat keine dringliche Angelegenheit. Sie arbeitete auf ihrer neuen Baustelle und ging zum Sport, wo sie manchmal Jacqueline begegnete, die sie aber ignorierte. Nachts überlegte sie. Vor dem Fernseher überlegte sie. Beim Lesen eines Romans überlegte sie. Es war nicht ergiebig, aber die Gedanken ließen ihr keine Ruhe. Sogar wenn sie mit César zusammen war, überlegte sie manchmal. Und sie überlegte auch, wenn sie auf dem Friedhof die Blumen goss.

Weihnachten kam heran. Sie bemerkte es kaum. Simone verbrachte die Feiertage mit ihrer Familie, Sohn und Schwiegertochter hatten sie nach Cassis eingeladen. César widmete den Heiligabend seinem Sohn. Delphine aß eine Truthahnkeule, malte ein Stillleben und schaute geistesabwesend fern. Sie rief ein paar Freunde an und wünschte den Fortunats ein frohes Fest; diese luden sie zum Essen ein, was sie höflich ablehnte.

Am 25. früh war der Himmel blau, das Thermometer zeigte dreizehn Grad. Sie pflückte zwei Zitronen, um ihren Räucherlachs zu würzen. Zitronen mitten im Winter zu pflücken konnte einen mit jedem Makel der Provence aussöhnen, dachte sie, als sie die sonnengesättigten Früchte sorgsam in einen Leinenbeutel legte. Sie wollte hier nicht mehr weg. Sie erlebte die Jahreszeiten in den Veränderungen ihres Gartens. Sie hatte gelernt, beim Aufwachen zu lauschen, ob der Mistral aufgekommen war. Es machte ihr Spaß, unter einem Zitronenbaum *O Tannenbaum* zu singen. Schnee war noch nie ihr Fall gewesen. In diesem Jahr sang sie überhaupt nicht. Sie aß keinen Weihnachtskuchen und trank auch keinen edlen Wein. Dieses Jahr kreisten all ihre Gedanken um den Umschlag im Klavier. Trotzdem kam der Neujahrstag heran, und sie hatte noch nichts entschieden.

Eines Abends im Januar, nachdem sie den ganzen Tag zu Hause gearbeitet hatte, zog Delphine los, um ein wenig Luft zu schnappen. Ein kühler Wind ließ die Zipfel ihres Mantels flattern und rüttelte an den kahlen Zweigen der Platanen. Schnellen Schrittes lief sie den Uferdamm entlang, der zum Strand von Six-Fours führte. Die Nacht war schon hereingebrochen und hatte die letzten Mutigen vertrieben, die sich während dieser kältesten Wochen des Jahres ans Meer wagten. Delphine war alleine. Sie blieb stehen und schaute auf die weite dunkle Fläche, die vor ihr lag. Das Rauschen der Brandung erinnerte an die ständige Bewegung der mächtigen Wassermassen. Hin und her, wieder und wieder, ja und nein, ein bisweilen beruhigendes, bisweilen aufreibendes Wiegen, das Ticken der großen ewigen Uhr. Delphine lauschte dem Atmen des Meeres und dem Peitschen des Windes. Zum ersten Mal seit langer Zeit dachte sie an nichts. Sie wollte keine Entscheidung treffen. Die Vergangenheit und die Zukunft waren aus ihrem Bewusstsein gelöscht. Es gab nur diesen Augenblick, ihren Körper, der vor dem winterlichen Meer stand und fröstelte.

Und da, plötzlich, hatte sie dieses eigenartige Gefühl. Ein kleiner Schwindel, der aus den Tiefen ihres Bauches aufstieg, Leere und Fülle zugleich, ein Gefühl, wie sie es noch nie gehabt hatte und das sich in weniger als einer Minute in eine Sicherheit verwandelte, vor der sie ungläubig verharrte. Das Erhabene und gleichzeitig so Einfache, das sich aber jeder menschlichen Planung und Beherrschung entzog, war es tatsächlich eingetreten? In dem Moment, als sie nicht mehr daran geglaubt hatte?

39

Anfang Februar lud sie Simone zum Mittagessen ein. Die alte Dame erschien mit einem Strauß Mimosen, die sogleich die ganze Küche, wo Delphine den Tisch gedeckt hatte, mit ihrem Duft erfüllten.

Sie hatte sich daran gewöhnt, in der Küche zu essen, denn sie hatte das Esszimmer zum Arbeitszimmer umfunktioniert. Der frühere Musiksalon enthielt jetzt, neben dem gestimmten Klavier, eine Staffelei und einen Schrank, in dem all ihre Malutensilien untergebracht waren.

Sie hatte ein Auberginengratin mit Parmaschinken zubereitet, dem Simone alle Ehre erwies. Delphine, die das Thema, das sie anschneiden wollte, allzu sehr aufregte, bekam kaum einen Bissen herunter. Sie hörte zerstreut zu, wie Simone vom Weihnachtsessen mit ihrem Enkel berichtete.

Als sie aufgegessen hatten, hatte Delphine immer noch nicht den richtigen Moment dafür gefunden, die Entdeckung anzusprechen, die sie nun schon so lange quälte. Also schlug sie Simone einen Spaziergang vor. Sie nahm den Arm ihrer Freundin, und gemeinsam stiegen sie die Montée de l'Oratoire hoch, bis sie bei Notre-Dame de Pitié angelangt waren, einer kleinen Kapelle, die ein wenig abseits vom Weg lag. Da die Sonne schien, setzten sich die beiden auf eine Bank und sahen aufs Meer, das fröhlich zwischen den Dächern der weiter unten am Hügel gelegenen Villen hindurchschillerte.

Zunächst zögernd, um die richtigen Worten ringend, erzählte Delphine von den Umständen, unter denen ihr Pastorellis Testament in die Hände geraten war. Simone hörte ihr aufmerksam zu, ihren Blick weiter auf den Horizont geheftet. Als Delphine fertig war, schwiegen beide. Ein Spatz hüpfte vorsichtig heran, er hoffte wohl auf ein paar Brotkrumen. Simone sagte immer noch nichts.

»Ich weiß nicht, was ich machen soll«, erklärte Delphine schließlich.

Ihre Freundin schaute sie erstaunt an.

»Wieso? Was willst du denn tun? Das ist ein Familiengeheimnis. Punkt. Du wirst doch jetzt nicht überall herumrennen und alle verrückt machen? So viele Jahre nachdem all das passiert ist. Du würdest bloß alte Wunden aufreißen. Das wäre ja Wahnsinn!«

»Aber …«, begann Delphine.

»Tstststs. Deine Tante wollte dir das Haus vermachen. Du hast nach ihrem Wunsch gehandelt. In gewisser Weise ist es ihre Rache. So muss man es sehen. Diesmal wird Pastorelli nicht das letzte Wort behalten. Das kommt eben vor. Man kann nicht immer gewinnen. Häuser, die solche Geheimnisse bergen, gibt es wohl einige hier in der Gegend.«

Sie machte eine ausladende Armbewegung, die alle Villen einschloss, die hinter mehr als zwei Meter hohen Mauern versteckt lagen und von denen man nur die Dächer sah.

»Man muss sich nur den rechten Standpunkt zu eigen machen und dann dabei bleiben, und ein bisschen Diskretion gehört natürlich auch dazu, aber das versteht sich ja von selbst. Ich glaube, du hast das bereits verstanden, sonst hättest du mir schon früher alles erzählst. Wenn du so lange gezögert hast, dann, weil du die Antwort kennst.«

In diesem Augenblick tauchte François auf seinem Fahrrad auf, mit seiner Enkeltochter in einem Kindersitz.

»Ich bin sicher, der Herr Briefträger ist ganz meiner Meinung«, rief Simone anstelle einer Begrüßung.

»Aber immer, Madame Léandri, immer«, rief dieser zurück, wobei er seine Mütze vom Kopf riss, was das Fahrrad gefährlich ins Schwanken brachte.

40

Die blaue Stunde war hereingebrochen, die sie jedes Mal, wenn sie sie bewusst erlebte, mit Freude erfüllte. Die Dämmerstunde, in der die Konturen verschwammen und die Schatten ihre maximale Länge erreichten, bevor sie von der Nacht geschluckt wurden. Die Stunde, in der man glauben konnte, dass alles möglich war und alles sich wenden konnte.

Sie erwartete ihre Gäste in einer Stunde. Dieses Mal hatte sie Lust, ihren Geburtstag gebührend zu feiern. Der Tisch war gedeckt, die hübsch dekorierten Speisen warteten in der Küche. Mehrere Flaschen Rotwein waren entkorkt und dekantiert. Diesmal würde sie selbst nichts davon trinken, aber sie hatte für César und ihre Freunde den besten ausgewählt. Vierzig Jahre alt zu werden interessierte sie nicht im Geringsten, aber sie wollte die ganz Nacht hindurch tanzen und feiern. In diesem Jahr würde ihr Kind geboren werden, und deswegen war es, was auch immer sonst noch eintreten mochte, ein Jahr der Freude.

Alles war vorbereitet, aber ihr blieb noch eine letzte Sache zu tun. Sie öffnete das Klavier und holte den Briefumschlag heraus. Sie holte ein Metalltablett und eine Streichholzschachtel aus der Küche und ging damit auf die Terrasse. Ganz ruhig strich sie das Streichholz an und entzündete das Papier, das sie in der Hand hielt. Erst im letzten Moment warf sie es auf das Tablett, um sich nicht zu verbrennen. Während sie zusah, wie das Papier loderte, hörte sie im Salon ihr Mobiltelefon klingeln. Der alljährliche Anruf meines Vaters, schoss es ihr durch den Kopf, aber sie machte keine Anstalten ranzugehen. Zu sehr war sie vom Anblick der Flammen fasziniert, die scheu und wild zugleich ihre letzten Zweifel aufzehrten.

Aus der Ferne drang die Musik des Karussells zu ihr herüber, das sich von bunten Lämpchen erleuchtet unten am Hafen drehte, wie es das schon getan hatte, als Pauline noch jung war, und wie es das auch noch tun würde für Generationen von Kindern, die das Glück entdecken, den Taumel bis in den Schwindel zu treiben und dabei vor Furcht und Jubel zu kreischen.